龍に恋う
贄の乙女の幸福な身の上

道草家守

富士見Ｌ文庫

目次

序章　求職乙女と口入れ屋　〇〇五
第一章　後輩乙女と先輩指導　〇二八
第二章　助手乙女と初仕事　一〇〇
第三章　懸命乙女のお手伝い　一五九
第四章　生贄乙女と恩返し　二一九
終章　贄の乙女の願いごと　二六二

序章　求職乙女と口入れ屋

「珠《たま》さん、本日でやめてください」

「あ、はい」

使用人長から暇《いとま》を言い渡された珠は、おとなしくぺこりと頭を下げながら思う。

さすがに通算十回目はまずいな、と。

＊

勤め先に暇を告げて身の回りの品をまとめた風呂敷《ふろしき》包みを抱えた珠は、石で舗装された道を草履でとぼとぼと歩いていた。

西洋の文化が流入し、繁華街には瀟洒《しょうしゃ》なレンガの建物が立ち並ぶ華やかな帝都は、しかし一足離れれば古くからの木造家屋が並ぶ混沌《こんとん》とした街である。

空っ風が吹きすさぶのを、珠は羽織の前をかき合わせてやり過ごした。

着古した袷《あわせ》の縞木綿《しまもめん》では、二月の寒風はさすがに応《こた》える。道行く人々は、殿方なら山高帽子に鳶《とんび》コート、婦人ならば羽織や道行きに肩掛けを重ねているのだ。小花の散った羽織だけの珠は少々どころではなく寒々しい。

珠が昨日まで勤めていた屋敷では、雀の涙の退職金しか出してくれなかった。屋敷側ですべての消耗品をまかなってくれた代わりに、お給料を出してくれなかったのだ、せちがらい。

と言うわけで早急に次の仕事を探さねば、強制野宿で永眠案件なのが珠の現在の状況だった。さすがに十六でそれは遠慮したい。

「ですがお仕事、見つかるでしょうか」

とりあえず街頭にあった長椅子に座り込んだ珠は、頬に手を添えて考えこむ。

近くの店にある硝子《ガラス》のショーウィンドウに、黒髪をゆるく三つ編みにした姿が映り込んだ。背筋はぴんと伸び、青白いながらも整った容貌《ようぼう》は、どこか引き付けられる独特の空気を持っている。しかし地味な縞の着物に、着古しだとわかる羽織で垢抜《あかぬ》けなさが際立ち、全体的に肉付きの薄い肢体は幼げな印象をもたらしていた。

「このあたりの口入れ屋さんはほとんど回ってしまいましたし、隣町に行っても似たようなものでしょうね」

何せ珠は十四の時に上京してきてから、今回で十回目の解雇だ。

いくら女中奉公の口は引く手あまたと言っても限度がある。現に、前回お世話になった口入れ屋からは他を当たるように言われてしまった。

珠はどこでも誠心誠意勤めていたつもりだし、働き者だと褒められることもあった。だがそれでも長続きしない理由がどうしようもないことも、珠は悟っていたのだ。

ふと、あの名刺に頼ってみようかという考えが脳裏をよぎる。

かさこそと懐の財布から取り出してみれば、ちゃんとあった。

珠が辞める原因になった園遊会で貰《もら》った名刺だ。困ったら頼ってくれて良いと言ってくれた、老紳士の柔和な顔が珠の頭に浮かんだ。

しかし珠は少しの逡巡《しゅんじゅん》の後、名刺を帯の間に挟みなおす。珠のようなものは、門前払いを食らわされるのが落ちだ。それに盗みを疑われて解雇された自分を雇って貰えるとは、到底思えなかった。

舗装された道路には、人々がせわしげに行き交っている。

帝都に来たときにはこんなに人が居るのかと驚いたものだ。だが、ここでなら珠でも暮らせるかもしれないと思った。故郷に帰りたいとも思わない。

「ひとまずは凍死を回避しましょう。お安い宿を探してからまたお仕事探しです。だって帝都にはこんなに人がいるんですもの。まだまだ私の知らない口入れ屋もあるはずです」

自分を鼓舞して立ち上がった珠は、ふと冷気を感じた。

冬の寒風ではなく、肌に張り付くような重いものだ。なによりとてもなじみがあるそれ。

鼻につく、獣の臭いがした。

「うわあぁ!?」

「はえ」

珠が一体どこからと思った矢先、せわしなく前を通ろうとしていた茶の着物の男が転がるのに巻き込まれた。珠の風呂敷包みが飛んで行く。

地面に手をついた瞬間、珠は往来の人の間を縫うように走って行く獣の姿を見る。

犬に似ているが妙に動きはなめらかで、人々は足の間をすり抜けられても服の裾《すそ》を押さえるだけだ。

まるで存在が見えていないかのように。だが珠にははっきりと見える。

それは暗がりでうごめき闇の中でひそかに息づく人に非《あら》ざる者、妖怪《ようかい》だ。

「なにしやがる、俺に足を引っかけただろう!」

頭の上から怒声がふってきて、珠が見あげれば顔を真っ赤にして怒る男がいた。

どうやら珠が転ばせたとでも思っているらしい。

「いえ、私はなにも」

「言い訳するな! 転ばせて俺の財布でも盗むつもりだったかっ」

「いえ、獣が……」

「そんなもの居なかっただろう!」

ああやはり見えていなかったかと珠が落胆した途端、男に乱暴に立たせられた。

その拍子に、珠の帯の間から先ほどしまった名刺と櫛《くし》が落ちる。黒漆に鮮やかな紅の牡《ぼ》丹《たん》が描かれた飾り櫛だ。

見るからに上等な代物に、男の顔がますます怒りにゆがむ。

「こんないいもんをてめえみてえな田舎娘が持てるわけがねえ！　これも盗んだんだろう⁉」

「それは大切な物なんです、返してくださいませ」

「嘘をつくんじゃねえ！　その減らず口、警察に行っても続けられるか！」

「あっ」

伸ばした手の先で男が櫛を拾い上げ、腕を強く引かれた珠は足をもつれさせた。

往来の人々は、顔をしかめながらも目を合わせることはなく、通り過ぎていく。

ああせちがらい。が、それが帝都というものなのだ。警察はたかが無職の娘である珠の言い分を信じてくれはしないだろう。それでも櫛だけは取り戻さねば、とてもとても大事な物なのだ。

強く握られる手首の痛みに耐えながらも珠が決意したとき、水の気配がした。

「決めつけるのはいかがなものかね」

低い別の男の声が響く。

とっさに振り返った珠は、視界の端に映ったものに目を見開く。

その男の髪が、銀に見えた気がしたのだ。

ぱちぱちと瞬《まばた》きをすればただの黒髪だったのだが、珠は揉《も》めている男と共に息を呑《の》んだ。

それだけ端麗な容姿の青年だった。首もとまで留めた白いシャツの上から、黒地に白のよろけ縞を着流しにし、濃い灰色のマントを羽織っている。

年の頃は二十半ばよりは上だろうが、切れ長のまなざしと怜悧《れいり》そうに整った面立ちに加え、抜けるように白くみずみずしい肌で妙に年齢が判別しがたい。

黒々とした癖のある髪をうなじで括《くく》るのが妙に似合っているにもかかわらず、女性的なよやかさなど微塵《みじん》もないのが不思議だった。

その奇妙な迫力に珠は戸惑っていたが、珠に因縁をつけていた男は灰色のマントの青年に矛先を向けた。

「なんだてめえ、俺の邪魔をしようってか、あ?」

剣呑《けんのん》に詰めよった男だったが、マントの青年にずずいと獣を突きつけられてひるんだ。

珠はあっと思う。その白と茶色のまだら模様の獣は、まさに珠が見た獣である。しかしもっと驚いたのは、茶の着物の男がその獣を認めていたことだ。

「な、なんだそいつ。犬……猫……?」

「こいつがお前の足下をすり抜けて行くのを見たぞ。君、そうだな」

「は、はい。その犬のようなものです！」

青年に話を振られた珠は慌ててうなずく。

灰色のマントの青年が加わったことで、立ち止まり遠巻きにしていた野次馬達の視線は茶色い着物の男に集中した。形勢が逆転しうろたえていた茶の着物の男だったが、まだ苦々しげに言葉を重ねた。

「だ、だがこの櫛はこんな小娘が持てる代物じゃ……」

「よく見てみろ、その櫛は歯が欠けているだろう。さらにかなり古い代物だ。古道具屋で安く購入したか、親や祖母から受け継いだのならおかしくはない」

マントの青年の整然とした反論に、男はぐっと言葉を詰まらせる。珠から乱暴に手を放したが、開き直ったように悪態を吐《つ》いた。

「けっ、きざったらしいなあお兄さんよう。女の前でかっこつけかぁ！」

すごまれた青年はしかし表情一つ変えず、逆に冷えた空気をまとったまま男へと一歩踏み出し迫った。

「お前がそう思い込んだのは、身に覚えがあるからじゃないか」

「はあ？」

「その帯に下げられている印籠《いんろう》。お前の身なりからすると上等過ぎるな？」

青年に空いている手で指し示された印籠は、珠でもわかるほど美しい品だった。どう見ても日雇い労働者風の男の持ち物としては、確かに少々ちぐはぐである。

茶の着物の男の顔色が悪くなり、見る間に焦りを帯びる。

「こ、これはそう、親父に譲ってもらった大事なもんで」

「ほう、なるほど。……だが、つい先ほど官憲達がこのあたりで出没するスリを追いかけていたのだが。その妙に重そうな袖《そで》の中身を、今ここで出してもらえないかね」

青年が言ったとたん、道の端から警察の制服を着込んだ男達が、何かを捜すように小走りで現れた。

それを見るなり、男は珠の櫛を握ったまま血相を変えて逃げだす。

追いかけようとした珠だったが、青年は慌てず手に捕まえたままだった獣を放した。

「行け」

あれほど気ままだった獣は青年の言葉に従いたちまち石畳を駆け、逃げていた茶の着物の男にたどりつくなりその足下へするりと絡みつく。

「うわぁ!?」

足をもつれさせ、見事にすっ転がった男の手から櫛が飛ぶのを、青年が受け止めた。

ピィ――ッと、甲高い笛の音と共に駆けつけた警察が転がった男を捕縛していく。

あっという間の出来事を、珠は地面にへたり込んで呆然《ぼうぜん》と眺めた。

しかし巡査がこちらにまでやってきたため、慌てて立ち上がる。

「協力感謝する。……が君達は何者かね」

「彼女はあの男にぶつかられた被害者。俺は通りすがりだ。身分を明かせと言うのなら、これだ」

いぶかしげにじろじろと見ていた巡査は、青年から渡された名刺を見て意外そうに眉《まゆ》を上げる。

「口入れ屋銀古《ぎんこ》店主、古瀬《ふるせ》銀市《ぎんいち》か。ずいぶん若いようだが……」

「先代から受け継いだばかりなものでね」

巡査が読み上げた単語に、珠の耳がぴんと研ぎ澄まされた。

口入れ屋、つまり仕事を紹介して貰える場所だ。しかも「銀古」という店は行ったことがない。

「なるほど了解した。なにかあった場合聴取にいく。行って良し」

納得顔の巡査が立ち去っていき、緊張から解放された珠は胸を押さえて息をつく。

だから青年が思案するように、じっと櫛を見つめていたことに気づかなかった。

自分に影がかかってぎょっとして顔を上げれば、珠を助けてくれた青年が風呂敷《ふろしき》包みと櫛を差し出していた。

「君のものだろう」

「あ、はい」

丁寧な所作で差し出された櫛と風呂敷包みを、珠は慌てながらも受け取る。

未《いま》だに艶《つや》が失われていない漆塗りに赤い牡丹の櫛は、歯が欠けてしまっていても大事な物だ。どこにも傷が付いていないことを確認してほうと安堵《あんど》の息をついた珠は、改めて傍らに立つ青年を見あげた。

やはり西洋人のように大きい。普通の身長である珠では首を思いきり曲げなければならないほどだ。間近で見ても瑕疵《かし》のない容貌《ようぼう》は、険しく引き締められていて妙な迫力がある。

だが、珠は現在とっても困っているし、聞きたいことも沢山あるのだ。

珠はぴんと背筋を伸ばすと、青年に向けて深々と頭を下げた。ゆるくまとめた三つ編みがさらりと肩から流れていく。

「まずは助けてくださりありがとうございました。それからお仕事を紹介していただけませんでしょうか」

「まず言うのがそれなのか」

青年の呆《あき》れた口調に珠ははっと思い出す。

「申し訳ありません、私、上古《かみこ》珠と申します。数えで十六になりました」

「古瀬銀市だ。……そうではなく、君はあのすねこすりが見えていたのだろう」

ものすごく困惑した雰囲気で名乗ってくれた銀市に、珠は少し弾んだ声で言った。

「そうでした。あの妖怪が見えていらっしゃいましたね。しかも見えない方にまで見えるようにされていてびっくりしました。帝都には、不思議な術を使われる方がいらっしゃるのですね」

「……調子が狂うな」

珠は、人に非《あら》ざる者が見えたり感じられたりするだけだ。自分のように妖怪が見える者に出会うことも、術を使える人間に会うのも初めてだった。

やはり帝都は広いものだと珠が感心していれば、銀市はぎゅっと眉を寄せていた。

「たった今因縁を付けられたばかりなのを忘れたのか。名刺なぞ刷れば幾らでも作れるものだし、俺が口入れ屋でも悪質な工場を紹介するか、女衒《ぜげん》の可能性もあるんだぞ」

「ああ、そういうこともあるかも知れませんね」

女衒、とは女性を遊郭に売ることを生業《なりわい》としている口入れ屋だ。普通の仕事を紹介すると偽り、遊郭や私娼《ししょう》へと落とそうとする質《たち》の悪い口入れ屋もなくはない。

ついつい飛びついた珠だが、確かにその可能性もある。苦界と呼ばれる遊郭で働く女性が何をしているか、知らないほど子供でもない。

けれど珠は表情ひとつ変えず、いっそ穏やかに言った。

「助けてくださったご恩もありますし、私を望んでくださるのならかまいません」

ぎゅっと眉間《みけん》にしわを寄せる銀市に、珠は気分を害してしまったのだろうかと不安になる。だがこの千載一遇の機会を逃したくはないと勢いこもうとすれば、ひょうと空っ風が吹いて珠は身を縮めた。

大きなため息がふってきたかと思うと、銀市がマントを翻した。

「ここではどうにもならん。話は店で聞こう」

話は聞いてくれるのか。

「ありがとうございますっ」

ぱっと表情を明るくした珠は、すたすたと歩いて行く銀市の後ろを慌てて付いていった。

＊

口入れ屋銀古は、繁華街の石畳が土の道に変わり、木造家屋の立ち並ぶ下町へと至る間《あわい》にあった。

チンドン屋のにぎにぎしい宣伝を遠くに聞きながら、珠は眼前の和風と洋風が入り交じったような建物をぽかんと見上げる。

その建物は、一階の店構えは木肌が露出した和風の造りにもかかわらず、二階は真っ白な塗り壁に洋風の窓硝子《ガラス》が並んでいた。

洒落《しゃれ》ている、と言っても良い外観だったが、店の表壁は張り紙で埋め尽くされており、墨書きでカフェーの女給や荷運び人夫など、紹介している仕事が記されている。

確かに口入れ屋なのだ。

「何をしている、寒いだろう。早く入るといい」

「は、はい」

一枚板に筆書きが彫られた看板「口入れ屋銀古」をはへえと見あげていた珠は、銀市を追いかけて店に入る。

店内は珠が今まで見てきた口入れ屋の中でも、こぢんまりとして小さいように思えた。しかし土間から向かって右の壁には求人票の紙が所狭しと貼られ、奥にある板張りの小上がりに番台らしきものが作られているのは、いつも利用する口入れ屋と同じだ。

珠は店内に入ったとたん、どこか懐かしい空気に包まれた。

嗅《か》ぎ慣れない香りがするのになぜだろう。小首をかしげた珠は、あたりを見回して視線を前に戻す。

と、青鈍色《あおにび》の鮫《さめ》紋様の背中に面食らった。一瞬、銀市が着替えたのかと思ったが、それは重ねて着ていた羽織だと気づき、ただ単にマントを脱いだだけだと思い至る。しかし脱いだマントはどこを向いても見当たらない。

「適当に上がって荷物を置いてくれ」

「で、では失礼いたします」

首をひねっている珠を知ってか知らずか、土間から板の間へ上がった銀市がうながしてきたため、珠も慌てて草履を脱ぐ。

風が吹きすさばないだけ充分暖かいが、板の間からは冷気が上がってきて、珠は少し震えた。だが、耐えられぬほどではない。

座布団の類《たぐ》いは見当たらなかったため、板の間に直接座ろうとしたら、ぽすん、と膝《ひざ》が柔らかい座布団に埋まった。

「え、あれ？」

先ほどまでそこに座布団などなかった筈《はず》だ。おかげで寒い思いはしなくて済むが、珠が目を瞬《しばた》いていると、ごとん、ごとん、と規則正しく音が響く。

重たいものが落ちるような音だ。いぶかしく思って振り向いた珠は、ぽかんとした。

部屋の奥から火鉢が歩いてきていた。

どこからどう見ても、それは藍色《あいいろ》の染め付けがされた陶製の火鉢だ。それが、歩いている。火鉢の両脇には、細い手が伸びており、その手で本体を浮かせて移動していたらしい。よくよく見ればその片手には丸く作られた火鉢布団も握られている。ごとん、というのは本体が床に着地したときの音だった。

ごとん、と珠のそばに着地をした火鉢は、器用に火鉢布団の上に座り込むと、しゅるりと手を引っ込めて居座った。そうすれば、ただの火鉢だ。

ぽかんと口を開いたまま動けないでいる珠の前に、天井から何かが落ちてきた。

息が触れそうなほど間近に、だらんと垂れ下がるのは、あどけない顔立ちをした子供のようなものだ。

しかし全身は獣のように毛深く、胴が長い。頭の毛をちょんと結ってにこにこと楽しそうに揺れている。

『羽織、あずかる？』

明らかに、人に非《あら》ざる存在だ。

さすがに珠が言葉を失っていると、銀市が深くため息をついていた。

「天井下《さが》り、ひとまずは下がっていろ。それから火鉢、火をいれたまま動くなといつも言っているだろうが」

その驚いた様子もない反応で、珠はこれがこの場所での日常なのだと知る。

どことなく不満そうながらも天井に去っていった天井下りを見送った珠は、傍らの火鉢に視線を移す。

うんともすんとも言わない火鉢の灰の中には、赤みの宿った埋《うず》み火がある。

ほんのりと伝わってくる熱に、珠は体のこわばりがほぐれてゆくような気がした。

「このお店には、妖怪《ようかい》が居るのですね」

「……そうか、君はこの程度では驚かないか」

「充分驚いておりますが」

珠が言うと、銀市は一瞬その顔で？　とでも言いたげに眉を寄せていたが淡々と言った。

「言っていなかったが、ここは帝都に来たがる妖怪どもの職業斡旋《あっせん》もしている。あいつらは落ち着き先が見つかるまでの居候だ」

「妖怪も、帝都へ来るのですか」

「華やかな帝都には珍しいものが沢山あって面白いらしい。あとは紛れるのにもちょうど良いんだと言うやつもいるな。理由は人間と同じくそれぞれだ」

羽織を脱いで、畳んでいた珠は目を丸くした。

珠が知っている妖怪というのは決まった形を取らぬ靄《もや》のようなものや、形を取っていても先の天井下りや火鉢の妖怪のように行動原理がよくわからないものだ。だから人の世界に興味を持つというのが意外だった。

しかし珠は感心しながらも落胆する。

「この口入れ屋は妖怪中心だったのですね。申し訳ありません、無理なことをお願いしまして」

「違う。勝手にあいつらが来るだけだ。ここは人間相手の斡旋もする。……まあそれ以外が多いことも事実だがな」

苦虫をかみつぶしたような顔をしながら文机《ふづくえ》に冊子を広げた銀市は、万年筆を手に取ると、珠へと視線をやる。

「まずは今までの職歴と希望の職業と給料からだ」

「えっ」

「なんだ、必ずしも希望の職を斡旋するとは限らんぞ」

「いえ、それはもちろん了解しております」

いぶかしそうにする銀市に、珠はまさか希望を聞いてくれるとは思わなかったのだ、という言葉を呑《の》み込んだ。

普通、口入れ屋で仕事を紹介してもらう場合は口頭が大半だ。文明開化が久しく過ぎても、文字を読むのが得意ではない者も多いからだが、仕事の希望は聞かれないことも多い。さらに良い話だけを聞かせて就職させることもままあった。

紹介料が稼ぎとなるため、より多くの求人先を世話しなければならない以上、仕方がない部分もあったが、当然もめごとも絶えない。

珠も上京してからは何度か良くない口入れ屋に当たったことがあり、痛い目にあってきたため、今まで受けてこなかった誠実な対応に感動していたのだが。

少し不安に思いつつ、珠は風呂敷《ふろしき》包みの中からあらかじめ用意していた履歴書を差し出した。

「……こちらでいかがでしょうか。自分で書いたものですが」

「準備が良いな。これだけ文字が書ければ充分、特技として役に……」

履歴書を受け取った銀市は、整った文字を追って行くにつれて真顔になっていく。

その理由がわかっている珠は、神妙な顔で沙汰《さた》を待つしかない。

たっぷり三度は読み返した銀市は珠のほうを向いた。何とも言い難い表情を浮かべている彼に、いたたまれない気分で珠はそっと視線をそらした。

「転職はしめて九回で、間違いはないんだな」

「そちらには書いておりませんが、今回で十回になりました」

銀市の顔があからさまにしかめられた。それは当然だろうと珠は思う。

珠が二十歳くらいならまだわかる数字だ。しかし十四で働きに出てからたった二年で十回は、さすがに珠自身に問題があるに違いないと考えるだろう。たとえば怠け癖があるとか、盗みを働いたとか。十回目は実際に盗みの疑いをかけられて追い出されていた。

全くそんなことはないのだが、口入れ屋の番頭はわざわざ珠に理由を聞きはしない。雇い主から解雇された、と言うのがすべてだからだ。

履歴書を放り出されるかとうかがっていた珠だったが、銀市は文机に履歴書を丁寧に置いて珠を見た。

「で、解雇の理由は何だ」

「ええと家の調度品を壊した疑いが三回、旦那《だんな》様のお嬢様を池に落としてしまった責任を取って一回。勤務態度が悪かった、と言うのが二回。よく言われたのは私のまわりで不気味な物音がするからで。前の勤め先での理由は、その……お客様のものを盗んだ疑いをかけられました」

「……なるほど。で実際は」

「え」

珠は、銀市の眼差《まなざ》しに、こちらへの疑いがないことにようやく気が付いた。

「どうせすべて妖怪どもにやられたんだろう」

「どうしてそれを」

やれやれとばかりに着物の袖《そで》に腕を突っ込む銀市のそれは、初めて遭遇した反応で珠は面食らう。しかし、彼が見える人間だったことを思い出した。

「だろうな、という気分にしかならん。弱い妖怪はただの人の目に映らん。だから自分の権能を使うまでもなく認識する人間がいれば、調子にのった妖怪どもがはしゃぐのが目に見えている。配慮という言葉を知らんやつらだからな」

銀市の実感のこもった言葉に、珠は思わずうなずく。

調度品を壊したのは妖怪だったし、お嬢様がたちの悪い水の妖《あやかし》に攫《さら》われそうになったのをなんとか止めたのも誤解された。勤務態度が悪いと言われたのも妖怪達をやり過ごしていたからだし、物音うんぬんも珠を見に来た妖怪達の物音を同僚達が聞きつけたからだ。

盗人《ぬすっと》に間違われたことだけは、最後まで理由が分からなかったが、妖怪のいたずらだろうと思う。

明治《めいじ》になり、新しい学問や概念が多く入ってきた。その結果、怪しいものは迷信だという風潮が高まったとはいえ、恐ろしいものは恐ろしい。だから見えない人々が妙なことが起きたときに、すべて現場にいた珠に原因を押しつけるのはしかたがないのだ。

けれど、銀市は理解を示してくれた。ただの言い逃れだと切って捨てなかった。

それだけで報われた気がした珠だったが、銀市は険しい顔で悩む風だ。

「だが、雇い先を探すのも難しいな。怪異を迷信だのなんだのと言うようになったご時世だ、理解のある人間は少ないし、少し気になることもある」

「いえ、話を信じていただけただけで充分です。今日は野宿でもして、どこかの日雇い仕事を探します」

今度こそ、あの名刺を頼るのも良いかもしれない。

そう思った珠は、帯の間に手をやったが、そこに上質な紙の手触りはない。騒動の最中に落としてしまったきり、拾っていないことを思い出した。

それでも晴れ晴れとした気持ちで頭を下げる珠を、銀市は慌てて止めた。

「いや待て君はどうしてそう早合点する」

「ですが雇い先を探すのは難しい、と」

「難しいだけでなくはない。……とりあえず、雇い先が見つかるまでここで働け」

珠は面食らって黙り込む。

ここで、つまり口入れ屋銀古で働くと言うことだろうか。

そこまでしてもらう理由がわからず困惑したが、銀市は大きく息を吐くと続けた。

「この店の本業は人間の職業斡旋だ。だが妖怪どもが来るせいでせっかく雇った人間の従業員が寄りつかん。人が足らんにもかかわらず、あいつらは事務仕事にまったく役にたたんのだよ」

「はあ」

「君、これからの住《す》み処《か》は」

「その、手持ちがとぼしく……」

「ここは部屋だけは余っている。家の中のことをやれば、ここに住み込んでかまわない。仕事に関しては給金を出す」

まだ凍死の心配をしなければならない季節に、それはありがたい。しかし、口入れ屋が仕事を探しに来た人間の食住の面倒を見るなんて珠は聞いたことがない。珠の顔にそのような疑問が出ていたらしい。銀市は続けた。

「少し前の口入れ屋は、奉公前の人間の面倒を見ることもあったんだ。ここにいる妖怪達と変わらんさ」

「ですが、なぜ私に提案を？」

珠が素直に聞くと、銀市は眉《まゆ》を寄せる。当たり前のことを聞かれて困惑しているようにも、言葉に悩んでいるようにも取れた。

「君は忘れていないかね。見える人間で、なにより……」

言いかけた銀市を遮るように、店の奥や天井、床、ありとあらゆる暗がりがざわめいた。

『ヌシ様ヌシ様、ここに人の子が住まわれるのですか』

『あなおもしろき、瑠璃子《るりこ》の反応が楽しみだ』

『とても良い香りのする人の子じゃ、寿命が延びるかもしれぬの。味見をすれば……』

「黙れ居候ども。勝手は許さん」

銀市が一喝したとたん暗がりの闇が薄れ、ぴんとした冷涼な空気が戻る。

珠が飲まれている間に、何事もなかったかのように銀市は言葉を続けた。

「君のように妖が引き付けられる存在は貴重だ。ただ、こんな輩《やから》の中で生活するのは不安もあるだろう。仕事先はなるべく早く見繕う。それまでのつなぎと考えてくれ」

あえて妖怪に囲まれて暮らす。銀市の提案に混乱していた珠だったが、「家の中のことをやれば」というくだりが頭にしみこむにつれ、ようやく納得できる一つの答えを導き出した。

「あの、もしやお仕事を見つけてくださるまで、女中として雇ってくださると言うことでしょうか」

今も昔も、手のかかる家のことは女中の役目である。奥向き雑務を任せられる人材がいれば、仕事がはかどると考えてくれたのかも知れない。

いや、理由などどんなものでも良い。珠にとっては望まれた、と言うことが大事なのだ。

「本日よりよろしくお願いいたします、旦那様」

「いや俺は従業員のつもりだったのだが……どちらにせよ変わらんから、いいの、か？」

三つ指ついて頭を下げた珠には、銀市が釈然としない顔で腕組みをしていたのは見えなかったのだった。

第一章　後輩乙女と先輩指導

女中の朝は早い。

なにせ炭火を熾《おこ》すのも、水をくむのも掃除も洗濯も、すべて人の手でやらなければいけないからだ。しかも家の主人が起きる前までに、一通りのことは終わらせなければならないため、起床は自然と夜明けになる。

長年の女中づとめでその習慣が染み付いていた珠《たま》も、夜明けと共にぱっちりと目覚めた。

だが室内に薄明かりが差し込み、板張りの天井が見えることに面食らう。

たいてい女中部屋は屋敷の中でも隅っこ。三畳一間の窓なし部屋が当たり前だ。この数年、明るい部屋で目覚めたことなどなかったのに。

もしや寝ている間に妖怪《ようかい》に移動させられたか、とまで考えたところで、珠はここが口入れ屋銀古《ぎんこ》の二階に与えられた自室だと思い出した。

四日前、珠が与えられたのは畳敷きの部屋だった。広さは六畳、しかも文机《ふづくえ》にたんす付きで、壁の一面にはなんと硝子《ガラス》の入った洋風の窓まで付いている。カーテンと言うらしい垂れ布の間から日が差し込んでいた。

珠はこんな部屋は女中には不釣り合いだと銀市《ぎんいち》に控えめながら主張したのだが、さらに洋室か和室どちらか選べと言われたときは肝を潰《つぶ》したものだ。

『君は半分客みたいなものだ。雇い主の言うことは聞け』

銀市にそう押し切られた珠は、床から一段上がったベッドに眠るのはさすがに遠慮したいと和室を選び、隅っこに布団を敷いて眠ることになった。快適だった。

おかげで今日も快適に目覚めることができた珠は、布団をたたんで押し入れにしまうと、邪魔にならないように軽く髪をまとめる。そして衣紋《えもん》掛けにかけていた縞《しま》の着物を身にまとい、長年の相棒である細帯をきっちり締めた。

珠の持っている着物は、このほかに格子の着物と寝間着にしている浴衣《ゆかた》だけだ。心もとなくはあるが、暮らせないほどではない。まずは、仕事をこなすことを考えねば。

「今日こそは、がんばります」

最後に前掛けとたすきをした珠は、ふんす、と気合いを入れると一階へおりていった。

二階は洋風の造りだが、一階は珠もなじみ深い和風の造りになっている。

口入れ屋の店部分から中庭を挟んで住まいがあり、居間と台所、内風呂《うちぶろ》に便所など生活に必要な部屋があつまっていた。口入れ屋の店こそこぢんまりとしていたが、屋敷としてはそれなりの規模だ。

銀市の部屋は一階の奥、書斎の隣にあると教えてもらっている。

だがまずは身繕いであると、珠は台所へ向かった。

台所の土間はすべてなめらかな石張りになっており、木のすのこがしかれている。壁際には三台のかまどが鎮座し、その傍らにはモダンなタイル張りの流しと作業台がならんでいた。

なじみ深さと目新しさが同居する台所の奥、外へとつながる勝手口の脇には大きな水瓶が鎮座している。都市部の邸宅くらいにしか通っていない水道の代わりに、大半の家では水を使いやすいよう水瓶に水を溜《た》めておくことが習慣となっていた。

そして勝手口から出た外庭には、水をくむための井戸がある。女中が朝起きてまずやることといえば、水瓶いっぱいに一日で使う水を満たすこと。なのだが。

珠が意を決して水瓶に近づくと、水瓶の蓋《ふた》にたくましい手がかかった。

あ、と思っている間に、ぱたんと木蓋が閉じると、その大きな瓶の胴に気むずかしげな人の顔のようなものが浮かび、珠を見返した。

この台所の主である瓶長《かめおさ》だ。その顔はまるで「なにをするつもりだ」と言わんばかりで。

「ご、ごめんなさい」

怯《ひる》んだ珠はぺこりと頭を下げると、足早に勝手口のつっかえ棒を外して外に出る。

『あらまあ居候ちゃん、瓶長にまた水を使わせてもらえなかったのかい』

ひょうと春はまだ先の冷たい風が吹く中、しょんぼりとした珠が井戸へとたどりつくと、井戸の木枠に腰かける女がいた。寒々とした気温の中でしどけなく緋襦袢《ひじゅばん》を着崩す彼女の姿ごしに、釣瓶《つるべ》が透けて見えている。

彼女もまた、この銀古に住まう妖《あやかし》の一人だった。

「狂骨《きょうこつ》さん。その通りです……お水、使わせてください」

『いいけどさ。人が死んだ井戸の水を使うなんて、物好きだねえ』

彼女は井戸に身を投げた人間の骨に、恨みが宿って生じた妖なのだと初日に教えてもらっていた。

紐《ひも》の付いた桶《おけ》を落とし、くみ上げた水で顔を洗っていた珠は、呆《あき》れた顔をする狂骨を見あげて小首をかしげた。

「ですが、井戸の底にあった狂骨さんの骨は、もう取り出されて供養されていらっしゃるのでしょう?」

珠の言葉に対し、狂骨は目元に赤い紅の差された顔におかしそうな色を浮かべた。

『ほんとに変な子だねえ。普通は気味悪がって近づかないだろうに。……にしても瓶長の旦那《だんな》はまだへそを曲げてるのかい。あいつも根深いねえ』

「いえ、私が気付かずお水を入れてしまったのが悪いのですし」

肩をすくめながら言う狂骨に、珠は初日の騒ぎを思い出ししょんぼりとする。が、すぐに顔を上げた。

「いえ、落ち込んではいられません。ちゃんとお仕事しませんと!」

『でもねえ居候ちゃん、仕事って言っても』

「瓶にお水を入れることはできませんが、お外のお掃除……そうです、雨戸を開けることも、これだけ早ければ」

珠が希望を持って言いかけたとたん、屋敷からけたたましい音が響いた。振り向けば、何枚もあった木製の雨戸が綺麗《きれい》に開けられ縁側が見えている。しかし誰もいない。

昨日も一昨日《おととい》も、こうして独りでに開いたのだ。

と、言うことは。

しゃっしゃっと軽快に響く音にはっとした珠は、小走りでその音の発生源を確認しに行く。案の定、縁側の奥の部屋では、箒《ほうき》とちりとりが独りでに床を躍り、軽快に掃き掃除をしていた。

さらに勝手口から台所を覗《のぞ》けば、火の気のなかったはずのかまどの薪《まき》がごうごうと燃え盛り、白飯を炊くときの独特の香ばしい匂いがたちこめていた。

作業台にはまな板が広げられ菜っ葉が切られている。だが誰も居ない。

さっき珠が通ったときは何にもなかったはずなのに、である。

「ああ……」

珠が勝手口の戸に身を預けて立ち尽くす。

油断していたつもりはなかったのに、また誰にも会わなかった。

「いえ、まだひとつだけ、一つだけございます。旦那様の身支度のお手伝いを……」

衝撃から抜け出せないながらも、珠は我が身を奮い立たせて下駄《げた》を脱いで部屋に上がろうとする。が、廊下に出た瞬間、紫煙の香りと鉢合わせた。

「何だ、そんなに急いで」

「だん、な、さま……」

銀市はすでに髪を無造作にくくり、中にシャツを着込んだいつもの着流し姿で立っていた。今日は灰がかった青緑色である高麗納戸《こうらいなんど》の長着に、灰色の帯を締めて、綿入りだろう羽織を引っ掛けている。綿入りの羽織などただの防寒着だと思っていたが、着る人が着ればおしゃれに見えるのだと、銀市で知った珠だった。

だがそれよりも、片手に持った細い羅宇煙管《ラウキセル》からかすかに紫煙が立ち上っていることから、すでに起き出してからそれなりの時間がたつのだろう。

不思議そうな顔で銀市は台所から出てきた珠を見おろし、次いで台所を覗いて言った。

「ここにいると飯炊きの邪魔になる。居間に行くぞ」

「……はい」

突き放されるような言葉に、珠は悄然《しょうぜん》とする。ああまた今日もなにもできなかった。

藍色《あいいろ》の陶火鉢が、ごとんと居間に居座る音が響いた。

＊

口入れ屋銀古は昼前に開き、陽がとっぷり暮れると閉める。

妖怪が活発に動き出すのが逢魔《おうま》が時からだから合理的なのだろう。

朝早くに日雇いの客で賑《にぎ》わう口入れ屋しか知らなかった珠は、はじめこそ面食らったが、時間帯以外は人間相手の口入れ屋と変わらない。

姿の見えない誰かが用意した白飯に味噌汁《みそしる》、漬け物の朝食を終えたあと、店を開けはじめる銀市に、珠は恥を忍んでおずおずと聞いた。

「あのう、今日私は……」

「店の流れを眺めていると良い。どうせ日のあるうちは暇だ。俺がいないうちに妖怪どもが来たら奥に声をかけてくれ。……煙草をやるぞ」

「あ、はい」

昨日と同じことをいうなり銀市は定位置である番台に座ると、傍らにおいてある長火鉢から火を移し煙管をふかし始める。この長火鉢は妖怪ではないらしく、うんともすんとも言わない。すう、と煙管の雁首《がんくび》から白い煙が立ち上り、薄荷に似た清涼感のある香りが広がった。

なじみの薄い不思議な香りに包まれつつ、珠が店内を見渡せる場所にたたずんでいれば、洋風の書物を広げ始めた銀市に見とがめられた。

「なぜ座らない？」

「あの、一応お仕事中ですし」

「そんなこと気にするやつは誰も居ない。暇なら座っていろ。座布団のありかは教えただろう」

暇、その言葉が地味に胸に刺さりつつ、珠はここにもついてきていた藍の陶火鉢の傍らに座布団を持ってきて座り込んだ。

すると店の硝子張りの引き戸が開けられる。

入ってきたのは僧形の小柄な人だった。けれど頭巾《ずきん》をかぶった陰から覗くのは細長い獣の顔で、珠は妖だと知る。

「ヌシ様、今良いかね。頼まれていたものを持ってきたのだが……おや、その子が新しく増えた居候だね」

「……まだ四日だぞ。もう広まっているのか」

「そりゃあ、帝都にいるんだ。妖もんでも噂には敏感でいないとなぁ」

苦々しげな銀市にかまわず、にこにことする僧形の獣がこちらを向いたため、珠はぺこりと頭と下げた。

「はじめまして。一時こちらにお世話になっております」

「うむうむ、むやみに名乗らぬのはよいことだ。妖も人も、名に縛られやすいからの。わっしのことは川獺《かわうそ》のじじいとでも呼ぶがよい。主人の仕事をちいとばかし手伝っておるしがない川獺《かわうそ》さ」

「とうに川獺の寿命を過ぎているやつが何を言う」

銀市が皮肉げにいうのも川獺はどこ吹く風だったが、その気安い言い合いは親しげだ。

「ええと、ではよろしくお願いいたしますおじいさま」

珠がうなずけば、川獺はうれしそうに口元を緩めた。

「ほんに素直な人の子だのう。だが気ぃつけると良いぞ。そろそろ怖ぁい猫がやってくるからな」

「ねこ、ですか」

野良猫でも住み着いているのだろうか。首をかしげる珠に、川獺は何も言わない。ただ、銀市が面倒くさいとでもいうような微妙な表情をしていた。しかし、銀市も何も言わず、川獺を奥へ手招く。

「詳しいことは奥で聞く。……珠、また何かが来たらそっとしておけ。後は任せた」

「はい。あ、あの……」

お茶はいりませんか、と問いかける前に、川獺を引き連れた銀市は奥へと入って行ってしまっていた。

ぽつんと残された珠は重いため息をつく。

「できるお仕事がありません……」


銀古にやってきた翌朝、珠は張り切った。

勤めというのは初日が肝心なのだと、今までの転職で身にしみていたからである。

それに仕事を探してくれる銀市に、自分のできる仕事を見てもらうことにもつながるから気合いが入っていた。

だが、この屋敷は居候している妖怪《ようかい》たちによって日々の雑事は完結していて、珠が入り込む余地などなかったのだ。

陶火鉢が自分から人の居る場所に動くのは序の口だ。掃き掃除はほうきとちりとりの付喪神《つくもがみ》がやってしまうし、雨戸の開け閉めや炊事はまだ姿を見ぬ妖怪が独りでに片付けてしまう。洗濯物は数日に一度御用聞きが取りに来るらしく、必要ないと言われてしまった。

あげく瓶長には瓶に井戸水を注いで嫌がられてしまったのだ。

銀市には「雰囲気に慣れるまで見ていろ」と言われるだけだ。

これほど何をすべきかわからない仕事場もはじめてで、珠はじりじりと焦る気持ちをもてあましていた。

「困りました。お掃除もお洗濯も必要ないなら、私はただ飯ぐらいです。なんとかお仕事を探さねばなりません」

川瀬の翁《おきな》が帰ったあと、銀市が席を外して一人になった珠は、うんうんと考える。

ぼんやりと立ち尽くしているだけでは、とろくさいと叱責《しっせき》が飛んでくるものなのだ。はやく自分のできる仕事を見つけなければ、珠の居場所はなくなってしまう。

よい仕事先を見つけてもらうためには、ただの居候ではいけないのだ。

「せめてお店番ぐらいはしっかりやりませんと」

珠がふんすと気合いを入れていれば、店内にざわざわとした声が響いた。

『くくく居候が気合いを入れておる』

『怖いらしいの』

『怖いらしい』

『ヌシ様が聞いたらどう思うかのう』

『怒るかな』

『いや泣くかもの』

声の正体は今も店内のそこかしこにうずまる、日向《ひなた》にくっきりと浮かぶ影のような存在だ。形は揺らぎ実体のないそれらを銀市は「魍魎《もうりょう》」と称していた。かれらも一応客で、こちらに危害も加えてこないため放っておくようにと銀市からは告げられている。

雇い主の言うことは絶対だ。だから珠はそれらの声を右から左へ聞き流した。なにせ、今の珠は自分のことでいっぱいいっぱいでもあるので。

なんとかできることを探さなければいけないが、珠が入り込む余地はないという現実に立ち戻ることになる。

「お裁縫はできますが、袷《あわせ》の仕立て直しにはまだ時間がありますし、あのご様子ですと悉《しっ》皆《かい》屋さんを使われていそうですし……そもそも自分の着物の心配をしなければなりませんでした」

今着ている縞《しま》の袷も、替えの格子柄の長着も、以前の勤め先で譲ってもらった代物だった。それなりに傷みがあるため、そろそろ古着屋で見繕わなければならないだろう。

珠がため息をついていると、あれだけ騒がしかった影がすう、となりを潜めた。

おやと顔を上げたとたん、すぱんっ！　と硝子《ガラス》が割れんばかりの勢いで表の引き戸が開け放たれる。

そこに立っていたのは、妙齢の美女だった。

艶《つや》やかな藍色のモダンなコートを羽織るその下は、鳥の子色をしたローウエストのワンピースだ。ベレー帽を斜めにかぶり、黒髪の毛先が耳にかかるほど短く切られたその姿は、都会を闊《かっ》歩《ぽ》するモダンガールそのもの。

珠は活動写真から抜け出してきたようだと思った。が、美女は帳場の隅に座る珠を見つけたとたん、かつこつと高いかかとを鳴らして歩いてくる。

珠はあっけにとられていたが、自分の役割を思い出して立ち上がった。

「いらっしゃいませ。どのようなごよう、むき、で……」

そのまなじりが怒りでつり上がっていることに気づいた次の瞬間、指を突きつけられて怒鳴られた。

「あんたねっ、あたくしが居ない間に銀市さんに取り入った泥棒猫は！」

「ど、どろぼうねこ？」

「とぼけるんじゃないわよ！　ただの田舎娘が銀市さんの優しさにつけ込んで当たり屋同然に押しかけたんでしょ⁉」

間違ってはいないな。と美女に烈火のごとき剣幕でまくし立てられた珠は素直に納得してしまったが、彼女の勢いは収まりそうにない。だが、珠は美女の頭を見て目を見開く。

それを勢いに飲まれたと思ったのか、美女はさらに言いつのろうとしたが、奥から銀市が現れた。

「猫はお前だろう、瑠璃子《るりこ》」

「銀市さんっ」

銀市の姿を認めたとたん、瑠璃子と呼ばれた美女の表情が明るくなる。その変わり身の早さに驚いたが、珠は何よりベレー帽の横から覗《のぞ》く三角の耳に釘付《くぎづ》けになっていた。

瑠璃子が体重を感じさせない跳躍で飛び上がった拍子に、コートのスリットから二つに裂けた三毛色のしっぽが翻る。

勢いのままに飛びつこうとする瑠璃子を、ぞんざいに止めた銀市は珠を見やった。

「珠、これが数少ない銀古の従業員だ。名を瑠璃子。見ての通り猫又だ」

「なんで見ての通りなのよ！　どう見たって流行《はや》りのモガで……あ」

己の尾がくねっているのを見つけた瑠璃子が硬直した後、さっと珠は視線をそらす。

見てはいけない気がしたのだ。

しかし珠の努力もむなしく、暗がりに隠れる魍魎たちがけたけたと笑った。

『おう、猫がしっぽを出したぞう』

『二股尻尾《ふたまたしっぽ》だ』

『化け損ねるなぞまだ青い』

「あっ、魍魎さん方、言っては角が立ちますっ」

珠が慌てて諌《いさ》めようとしたが、逆効果だったようだ。

「……見えてるわね、あんた」

瑠璃子につり上がり気味の眼でぎゅうと睨《にら》み付けられ、珠は途方に暮れる。視線で人が殺せるのなら珠は死んでいるだろう強さだった。

何かを話すこともできずに立ち尽くす珠と、うなり声でも上げそうな瑠璃子の間に奇妙な沈黙が降りる。

だが、重苦しい空気などかまわず銀市は珠に瑠璃子を紹介した。

「こいつの仕事は人間や妖《あやかし》どもの就職先探しだ。特に妖の仕事先は表に出せないどころか、雇い主自身に了解を取れんものも多いからな。こいつが見つけてきた職場に俺が適宜派遣している」

「雇い主すら知らない就職、ですか」

「妖は人の金が報酬になるとは限らないからな」

給料がもらえなければ、就職とは言えないのではないだろうか。

困惑する珠に銀市がさらに説明しようとしたが、その前に息を吹き返した瑠璃子が鼻を鳴らした。

「あんた何も知らないのね。あたくしはこの姿と本来の姿で実業家や華族の皆様から悩みを聞いてくるの。それを聞いた銀市さんがちょうど良い妖を派遣するのよ。『瑠璃子さんに相談すると悩みが解決する』とか『青い瞳《ひとみ》の黒猫が現れると悩みが晴れる』ってどこでもありがたがられるんだから。それなのに」

胸を張った瑠璃子は胡乱《うろん》げに銀市をにらみつけた。

「あたくしがせっせと外回りをしている間にこんな田舎娘を引き込んで、どういうつもりよ銀市さん」

「珠も店の客だ。適切な仕事を紹介するまで居候してもらっているだけだ。手が足らんのはお前も知っているだろう」

「でもあたくしに一言断りがあったっていいじゃないの！　ここのせ・い・し・きな従業員なんだから」

「四日寄りつかなかったのは誰だ」

「仕事してましたぁ。あたくしがどれだけ掛け持ちしてるか知ってるでしょ。特に最近は面倒な客が湧いて大変なんだから」

銀市にしれっと返した瑠璃子は、あっけにとられる珠を上から下まで眺めて言った。

「それで？　あんたはあたくしたちが見えるみたいだけど見えるだけでしょ。今もただ突っ立ってるだけじゃない。そんな田舎娘丸出しの格好して。どーせ女中仕事も屋敷の妖怪に任せてやってないんでしょ。なーんにも役に立たない癖して銀市さんの隣にいるなんて、何様のつもりかしら？」

「瑠璃子、そこまでだ」

声を低めてとがめる銀市に、瑠璃子はかえって火に油を注がれたように目をつり上げた。

その瞳が猫のように丸くなり爛々《らんらん》としている。

「なんでこんな子に肩入れするのさ!?　どうせ人間なんてすぐに……そうだわ」

何かを言いかけた瑠璃子は、ふと思いついたようににんまりと笑った。

「あたくし、しばらくここに住むわ」

「は？」

「だってあたくしここの従業員ですもの、住み込んだって良いでしょ。カフェーはあくまで副業だし」

「部屋は余っているからかまわんが。ずいぶん気に入っていたアパートはいいのか」

「気分転換もいいでしょ」

銀市でも、瑠璃子の突然の変わり身についていけない様子でぎょっとしていたが、瑠璃子はどこ吹く風で珠を見た。

「あんたがこの銀古にふさわしいか、あたくしが見定めてあげる。だってあたくしがこの銀古では先、輩！　だもの。後輩を使い物にするのも一つの役割よね？　もし、先輩のしごきに耐えきれずに逃げ出しても、それは別の問題よねぇ」

その表情はまるでいたぶる相手を見つけたような加虐的なもので、明らかに珠を追い出す気満々だ。その意図がわかった銀市は止めようと口を開きかけたが、その前に珠は胸の前でぎゅっと手を握りしめて言った。

「はい。ご指導ご鞭撻《べんたつ》のほど、よろしくお願いします」

先輩や同僚による指導というのは、今までの職場でもよくあったことだ。彼女がこの銀古での先輩従業員であるならば、どんな意図があろうと彼女の指導を受けない理由はない。

あっさりと受け入れられた瑠璃子は少々戸惑ったように珠を見ていたが、すぐに都合が良いと思い直した。

「返事はいっちょまえね。いつまで続くかしら。どうせ人間なんて弱っちい生き物なんだから、とっとと逃げ出せば良いのよ」

瑠璃子がはん、と高慢に鼻を鳴らしたとたん、ぐううぅぅ、と腹の音が響きわたった。

珠は自分の腹を押さえてみる。今は夕方だが、ここに来てからしっかりご飯を食べているので腹が鳴るほどには空《す》いていない。

では、と恐る恐る窺《うかが》ってみれば、そこには顔を薔薇色《ばらいろ》に染めてぷるぷると震える瑠璃子がいた。これは声をかけてはいけない。と珠は即座に悟ったが、部屋の隅の影が喜ぶように大きく伸び上がった。

『おう、大きな音じゃ』

『腹の虫じゃ』

『腹へらしの猫じゃ』

「うるさーい！　魍魎どもっ。まずはあんたたちから引き裂いてやろうかっ⁉」

わめき散らした瑠璃子は、たちまち伸び上がってきた影に爪を振りかざして散らす。

その俊敏な身のこなしはまさしく猫だったが、赤い顔では迫力がない。

疲れた顔で銀市が、袖《そで》に手を入れながらそっと声をかける。

「瑠璃子、夕食は食べるか」

「どうせ味気ないお味噌汁《みそしる》とご飯でしょ。それなら街でオムライス食べてくるわ！」

啖呵《たんか》を切った瑠璃子は、土間に脱ぎ捨てていたパンプスを乱暴に履くと、ぐるん、と珠を振り向いた。

「帰ってくるまでに、あたくしが寝る部屋の掃除、しときなさいよね。二階の洋室がいいわ。田舎娘でもそれくらい出来るでしょ」

「は、はい。かしこまりました。行ってらっしゃいませっ」

珠が反射的に返事をすれば、瑠璃子はぎょっとした顔をしたが、すぐにしかめっ面に戻ると銀古を出て行った。

取り残された珠がぎゅっと胸を押さえて立ち尽くしていると、銀市が気遣わしげに話しかけてきた。

「瑠璃子がすまない。あとで言ってきかせるから、君は今のままで」

「お気になさらず。旦那《だんな》様のお手を煩わせはいたしません。同僚や先輩に当たる方とうまくやって行くのも、業務の一つと心得ております。それに私は女中ですから、瑠璃子様のお世話はお任せください」

珠は燃えていた。ようやく女中らしい仕事が出来ると。

雇い主である銀市の世話が出来ないのは女中として失格であったが、その従業員である瑠璃子の世話をうまく出来れば挽回《ばんかい》できるかもしれない。

しかし、ふと傍らを見てみると、銀市はなんとも言えぬ複雑そうな顔をしている。

「いや、瑠璃子は完全に……いや、何かあったら言ってくれ」

「はい！」

銀市は何かを言いかけていたが、結局言葉を濁していた。不思議に思いつつも、珠は瑠璃子を迎えるために何をすべきかを考え始めていたのだった。

＊

「珠、この洋服、洗っておいて。もし縮めでもしたら……」

「はい、手洗いした上で陰干しいたしました。ぶらうすにはノリを利かせて、あいろんもかけてあります」

「ぐっ、こんなに白くピシッと仕上げるなんて……っ。た、珠ぁ！　靴の手入れをしておきなさい！」

「わあ、革製ですね。靴墨と油まで用意してくださるなんて、ありがとうございます。丁寧に磨きますねっ」

「な、なんでやり方知ってるのよ、しかも自分でやるより艶々《つやつや》……？　いえまだよ。珠ぁ！　髪を巻くコテを」

「はい瑠璃子様、火鉢に温めてありますっ」

珠が持ちこんだ付喪神が憑《つ》いていない木製の火鉢には、髪にウェーブをつけるためのコテが刺さっている。

次の指示がないかと、珠が立って待つ。西洋風の化粧台の前に座っていた瑠璃子は、わなわなと震えていたかと思うと、ぐるん、と体ごとこちらを向いた。

「どうしてあんたそんなに仕事が出来ちゃうのよ!?」

「えっ、あの……？」

「もう、せっかくあたくしが徹底的にいびってやろうとしてるのに、全部完璧《かんぺき》にこなしちゃって！　コテの温め方はともかく、どうしてあんたが洋服の洗い方や靴の磨き方まで知ってるわけ!?」

明らかにご立腹とわかる瑠璃子の剣幕に、珠は戸惑いつつも答えた。

「何度か前に勤めていた実業家の旦那様が、少々吝嗇家《りんしょくか》で。男の使用人を雇うのは高いからと、すべて女中に任せていらっしゃったんです。やり方は同情してくださった他の家の使用人さんが教えてくださいました」

「しかも技術を身につけた背景がヘビィだし。少しは応《こた》えなさいよ!?」

「ありがとう、ございます？」

「全く褒めてないわ！」

へびぃ、という単語はよくわからなかったが、珠がひとまずお礼を言えば、かみつくように言われた。確かに瑠璃子の表情は褒めているソレではない。

「そもそもこれだけこき使われているのに何で妙に嬉《うれ》しそうなの⁉　少しは口答えしなさいよ！」

「いえ私は女中ですから。お仕事をちゃんとさせて頂けることがありがたくて……」

「あたくしは、あんたを、不当に扱ってるのよ⁉」

瑠璃子の剣幕に、珠は困惑して縮こまった。

瑠璃子からのそれは、今まで珠が培ってきた女中としての技術をすべて活用して当たらなければならない仕事ばかりでやりがいがあった。久々の仕事らしい仕事に、珠も全力で挑み、きちんとやり遂げられたつもりだったのだが。

ちろり、と珠は瑠璃子を窺う。化粧をする前の彼女の顔立ちは、どことなく柔らかみのあるものだったが、すでに苛立《いらだ》ちにしかめられている。

が、諦《あきら》めたように逸《そ》らされた。

「もう良いわ。気が散るから、部屋から出て行ってちょうだい」

「はい、あの、朝食は」

「化粧が終わったらすぐ出てくからいらないわ。今日は帰らないから夕飯もいらない！」

「かしこまりました。失礼いたします」

トゲのある瑠璃子の言葉に、珠は頭を下げたあと退出した。

部屋を出た瞬間ため息を吐きかけるのを珠はなんとかこらえた。ちゃんと仕事は出来ている筈《はず》なのに、なんとなくしっくりこない。

この数日、珠は銀古で暮らし始めた瑠璃子の世話に注力していた。

その間も、他の妖怪《ようかい》とは没交渉だ。それよりもなにか出来ることが欲しかった珠は、瑠璃子の言いつけに全力で挑んだ。

銀市は瑠璃子が珠に言いつける場に居合わせれば、瑠璃子を窘《たしな》めていた。が瑠璃子はどこ吹く風で、珠もまた瑠璃子の言いつけを通してまともな女中仕事が出来ることが嬉しかったために、この奇妙な関係は数日にわたって続いていた。

しかし言いつけをしっかりと果たしても瑠璃子の態度は変わらず、彼女の機嫌は下降してゆくばかりである。

珠は妖怪が原因で遠巻きにされたり邪険にされたりすることはあったが、それ以外で疎ましがられるのは初めてで。銀市から瑠璃子が原因で銀古を追い出すことはない、と宣言されてはいるが、瑠璃子を不快にさせていることには変わらない。瑠璃子がなぜ不機嫌なのかわからず、珠は途方に暮れていた。

それでも、瑠璃子は珠に遠慮なく用事を頼む。

その日、瑠璃子に手紙の配送を頼まれた珠は外に出ていた。じっくり見るような無作法はしないが、複数の手紙に書かれている宛名は全員男性だ。万年筆で驚くほど柔らかで丁寧な文字で宛先が書かれ、きちんと切手が貼ってある。

そのきちんとした準備に珠は困惑していた。

「郵便局で切手を貼って出すためにお金を渡して、お釣りを返した時に懐に入れたと難癖を付けるつもりもないみたいです……？　言いつけられる用事は普通のものですし、ぶたれたり、物を壊されたりすることもありません」

それが珠にとっては不思議なことだった。

珠は瑠璃子が己のことを邪険に扱いたいことには気づいていた。つらく当たろうとしているのもなんとなく理解している。しかし、そのすべてが珠の経験からすると中途半端なのだ。

だから、銀市が不安そうな顔をしているのも、瑠璃子の「不当に扱ってるのよ!?」という言葉も珠は今ひとつ腑《ふ》に落ちていなかった。

なぜなら、体も心も傷つけられてはいないのだから。

そのせいか、瑠璃子が本当に何がしたいのかが珠にはわからなかった。ただ、いつもと違う奇妙な感じがする。察することが出来ないなど、女中としては半人前である。

「とはいえ、瑠璃子様が私を害するつもりがないのですから、そろそろ貴重品を持ち歩くのをやめても大丈夫かもしれませんね」

珠はそっと、懐に大事にしまっていた牡丹《ぼたん》の櫛《くし》を取り出した。

盗まれたり壊されたりしないよう、大事な物は身につけておく癖が付いていたのだ。なかでもこれは、身一つで村から飛び出した珠が唯一持ち出したものだ。もやもやと形容しがたい思いを抱いた時は、なんとなく取り出して眺めると安心する。

今日も、赤い牡丹をするりと撫《な》でる。花弁が艶を帯びた気がして。

ぽん、と肩を叩《たた》かれた。

唐突な感触に、珠はわずかに硬直する。しかし不用意に振り返りはしない。もし人に非《あら》ざる者だった場合、振り向くことで危害を加えられることがあるからだ。どうするべきか、一番は気づかなかった振りをするべきだが。珠が考えているうちに少し甘やかな色を含んだ男の声が響いた。

「荷物が盗まれそうだけど、君のじゃないかな?」

「えっ、あ!」

指摘された珠は、ようやく抱えていた手紙を包んだ風呂敷《ふろしき》包みがないことに気づいた。

周囲を見回すと、そろりそろりと小風呂敷を抱えて逃げようとする小鬼が二匹いる。

これはいけない。このままだと、瑠璃子の大事な手紙が出せなくなってしまう。

すぐに追いかけようとした珠だったが、小鬼の逃げ足は速い。

まずいと焦った珠だったが、その小鬼を軍靴が踏みつけた。

えっと驚いたのは珠だけではない。一瞬驚きで硬直した小鬼から、男は風呂敷包みを奪うと、つまみ上げた小鬼を民家の方へと投げたのだ。

「鬼はー外ーっと。……はいどうぞ。これは君のだよね」

「ええとはい。ありがとうございます」

戸惑いながらも風呂敷包みを受け取った珠だったが、それどころではない。

珠に風呂敷包みを差し出したのは、軍服の将校だった。

年は三十代くらいだろう。軍人は野暮ったく厳《いか》めしいという印象が一般的で、珠もそう思っていた。しかし彼が着る黒と赤のラインが入ったカーキ色の詰襟は体に沿っていて、均整のとれた体格によく似合っていた。

階級にはあまり詳しくない珠だが、襟章や身なりの雰囲気からしてかなり位は高いと想像がつく。しかしこの男は妙に人なつっこく、眼鏡をかけた華やかな顔立ちに、朗らかな表情を浮かべていた。

その友好的な雰囲気も、助けられたことにも驚いたが、何より彼が小鬼を認識していたことに珠は衝撃をうけていた。

しかし珠の動揺など素知らぬ風で、軍人は珠をのぞき込んでくる。

「君に似合いそうな愛らしい櫛だったね、髪に挿せば映えるだろうに」

「ふえっ」

一瞬、何を言われたのかわからず、珠は風呂敷包みを握って硬直する。

しかし男は楽しそうに微笑んだ。

「いやあ声もかわいいねえ君。うんうん表情が乏しいけれど、自分の魅力に無自覚で無垢《むく》な美しさは今だけのものだ。その無造作に編んだ髪をカールさせて柔らかなドレスをプレゼントしたいね」

「ええと、その」

そこまで息継ぎなしで言った将校の妙な勢いに飲まれ、珠は目を白黒とさせた。

だが将校は、不意に眉《まゆ》を寄せる。それだけで案じるような憂いを含んだ表情になった。

「だけど、何やら思い悩んでいるようだ。可愛いお嬢さんにそのような憂いは似合わないさ。職場でいじめられでもしたかい？……それとも、誰かに相談し辛《づら》いことを抱えているのかな？」

珠の脳裏に銀古の妖怪達と瑠璃子のことが浮かんだ。

しかし、初対面の得体の知れない男性に話すようなことでもない。そもそもこのように気さくな軍人がいるだろうか。

妖怪とはまた違う奇妙さに珠は身を硬くして、風呂敷を抱きしめる。

将校は大げさな身振りで、心底残念そうに続けた。

「時間があれば近所のミルクホールでも行って、じっくりと話したいんだけど。今から大事な用事があるものでね。本当に残念だ」

「でしたら私などに声をかけず、お早く向かわれた方がよろしいのでは……」

うっかり考えていることがそのままこぼれてしまった。珠は思わず口を押さえたが、男は愉快そうに笑う。

「はは、思ったよりもはっきりと物が言えるお嬢さんで安心した。警戒心が強いのは良いことだよ。さっきみたいにぼんやりしていると、よからぬモノが惹《ひ》かれてやってくる」

不意に、声が低くなって珠の背筋がぞくりと震えた。

男を見上げても、眼鏡の硝子《ガラス》レンズが光を反射してうまく表情が読めない。ただ、笑っていても笑っていないことだけはわかった。

「うっかり食われて、手遅れになっても知らないよ」

「え……」

やはり、この将校には見えているのか。

息を呑《の》んだ珠は訊《たず》ねようとしたが、将校の表情は緩み、気さくで朗らかな雰囲気に戻っていた。

「最近は君みたいな可愛いお嬢さんばかりが行方不明になる事件があるからね！　夕暮れ以降は、なるべく出歩かないようにするんだよ」

ひらひらと手を振った将校は、辻《つじ》を曲がり消えていった。

何が何だかわからないまま、置いて行かれた珠はぽかんとする。

最近、女中が失踪《しっそう》していると言う噂は耳にしていた。しかしそれをなぜ将校は「食われて」しまうと表現したのだろうか。まるで妖怪が原因とでも言うかのように。

わずかに湧いた疑問を、珠は首を横に振って追い出した。

「いけません、瑠璃子様のお手紙を出しにいかなければ」

自分はただ、誰かの役に立つことだけを考えていれば良い。それ以外は必要ない。

それでも珠は一度だけ、将校が消えていったほうを振り返る。

人間にしか見えなかったのに、まるで妖怪に会ったような気分だった。

＊

夜、内風呂《うちぶろ》の湯を使った珠が居間に顔を出すと、こたつに足を入れてくつろぐ銀市の姿があった。ちなみに湯はいつの間にか沸かしてあり、珠はまたもや気づけなかった。

火鉢の五徳に載せられた薬缶《やかん》が湯気を立て、驚くほど暖かい室内で髪をほどいた銀市は、珠に気づくと手元の手紙から顔を上げた。

「旦那《だんな》様、お風呂をいただきました」

「ああ。眠るまでは好きにくつろげ。部屋に帰るんなら火鉢を連れて行け」

「……では、お邪魔します」

昨日は目障りにならないようにと、寒い自室に下がろうとしたのを覚えていたようだ。先回りをされた珠は仕方なく部屋の隅に座ったが、銀市の若干咎《とが》めるような視線を受けてそっとこたつのふとんを膝《ひざ》にかけた。中に火のついた炭が入った櫓《やぐら》が仕込まれているこたつは、さすがに温かく珠は思わず息をつく。

珠がきちんと入ったことに納得したのか、銀市は再び手紙に目を落とした。

時刻は夜だったが、瑠璃子は宣言通り帰ってきていない。何もしなくて良い、というのはやはり落ち着かなかった。

部屋の天井には電燈《でんとう》が煌《こう》々《こう》とともされており、文字を読むのに何ら困らない。これだったら針仕事も楽だろうな、と珠はぼんやりと思った。

進歩的な設備があろうと引き戸の向こうではがさごそと何かうごめく気配があるし、陶火鉢は自分の腕を伸ばして、中の灰をかき回していた。

この屋敷は、驚くほど惜しみなく燃料を使う。それに加えて洋風の造りを取り入れているせいか、部屋が普通の家より暖かく保たれていた。

しかも女中であるはずの珠にまで、その恩恵にあずからせてくれる。何も仕事ができていないにもかかわらず。

急に申し訳なさがこみ上げてきた珠は、ぽろりと漏らした。

「申し訳ありません旦那様」

別の手紙を読み始めていた銀市はす、と顔を上げる。

銀市のほどき髪がさらりと揺れた。

「何故謝る」

「ふがいない女中で……。ご厚意でおいていただいているにもかかわらず、お仕事もせずにただ飯ぐらいの穀潰《ごくつぶ》しになっています」

「よくそこまで卑下できるな？」

呆《あき》れを通り越して感心した様子の銀市に珠は小首をかしげた。

「事実、でございましょう？　私、お仕事をいたしますと宣言しましたのに全くしておりませんもの。妖怪《ようかい》さんたちのお手伝いも出来ず、あげく瑠璃子様の機嫌を損ねてしまいまして……」

将校に絡まれたとはいえ、日中の手紙の投函《とうかん》はずいぶん時間がかかってしまった。言葉で確認すればするほど、今までで一番情けない労働成果のように感じられて、珠はしょんぼりと肩を落とす。だが、銀市は不思議そうに言った。

「なにを言っている。君は奴らになにも聞かないだろう」

「え」

珠ははじかれたように顔を上げた。

さくりと突き刺すような言葉で驚いたというのもあったが、銀市の声音にはこちらをとがめる色がなかったからだ。悪意の嫌みなら山のように言われてきたから、珠には銀市のそれは何の含みもなく、ただ不思議に思っているだけなのだと感じられた。

少なくとも、珠のことを怒っていない。

ただ、なぜ怒っていないのかがよくわからなかった。役に立たない珠をここに置いておく理由なんて、一切ないのに。

珠が絶句していると、銀市は困惑もそのままに続けた。

「そもそもなぜそう働こうとする。妖怪どもであれば許可を出す前にほっつき歩くぞ。瑠璃子に関しても、特に環境に慣れるためにも休めばいいもの、を……」

そこまで言った銀市は、はたと思い至った様子で珠を見た。

「いや、君は妖怪ではなかったな。すまない。主張しなければ不満がないと思い込んでいた」

「旦那様っ⁉　ふ、不満なんてそんな」

銀市に頭を下げられた珠はうろたえた。

どうやら本当に仕事ができていないことを怒っていないらしい。それは心底ほっとしていたが、ではどう反応すれば正しいのかわからない。今までの上司や主人には怒られるばかりだったのだ。

だがしかし、妙に胸が騒ぐ。

「あの、あの。妖《あやかし》たちに聞かなかった、というのはどういう意味で、しょうか」

「わからないことがあれば相手に聞くのが一番だろう。妖は皆己の権能を発揮することが生きがいな奴らばかりだ。少なくとも居候どもは教えてくれるだろうさ」

意を決した珠の問いに、銀市は意図がわからないとでも言うような、いぶかしげな表情で答えた。

「けんのう……？」

「人の世では意味合いが違うが、人に非《あら》ざる者の力の源、存在理由といったところだ。——たとえば、台所にいる瓶長は知っているな」

知らない単語に首をかしげていた珠は、瓶長の名を出されてしゅんと落ち込んだが銀市の低い声は耳に入ってくる。

「あれは家で大切に使われ続けた水瓶《みずがめ》に精気が宿って生じたものだ。だから瓶に浄水をたたえることが権能になっている。妖力が続く限りきれいな水を生み出し続ける」

「だから、私が井戸のお水を注いだのを嫌がったのですね。お水が汚れるから」

「加えて落ち込んでいた」

「え」

予想外の言葉に、珠が目を見開けば、銀市は苦笑のような曖昧《あいまい》な表情で続けた。

「怖がらせたばかりに、自分の水を使ってもらうことができないと残念がっていた」

「そう、なの、ですか」

珠にとっては青天の霹靂《へきれき》の言葉に戸惑っていると、銀市はむしろ意外そうな顔をした。

「気づいていなかったのか。居候どもが先を争って屋敷を快適に整えようとしているのを。俺一人の時はこうもきれいにしていなかったぞ」

「えっ」

「まじめに三食飯を炊くのも久々だ。家鳴り達は食に興味がないから、にぎりめしが用意されれば良いほうだったんでな。外に食べに行く面倒がなくて助かっている」

しみじみと言う銀市に、珠はぽかんとした。

栄養という言葉が浸透してきた昨今、白飯と味噌汁《みそしる》だけでは健康に過ごすための活力を養えないことは珠でも知っている。

よくぞ生きていたものだと珠は妙なところで感心していたが、胸に引っかかっていることはもう一つあった。

「あの、では。瑠璃子様がどうして私が言いつけを守れば守るほど、不機嫌になられるかわかりますか。やはり、私が気に入らないのでしょうか」

「そう、だな……あれはわかりやすいと言えばわかりやすいんだが」

意を決した珠の問いに、銀市はなんと言えば良いか悩むように顎《あご》に指を当てた。

「瑠璃子は直情的な部分はあるが、一度興味のない、不要と断じたものは歯牙《しが》にもかけん。かまう時点で君がどうでも良いということはない。ただあの扱いは酷かもしれんが」

「いえ、瑠璃子様は徹底的にいびるとおっしゃったのに、ずいぶん優しいなと思っていたので、すこし納得できました」

「君は今までどんな雇い主に遭遇していたんだ」

珠はおかしいことを言ったつもりはなかったため、銀市が呆れと憐憫《れんびん》の色を浮かべるのに首をかしげる。だが銀市は気を取り直したように続けた。

「君は、瑠璃子と今のままの関係ではいるつもりはない。ということで良いんだな」

「ええと、ご不快にさせてしまうのは申し訳なく、思っています。なんだか瑠璃子様も疲れていらっしゃるようですし」

「そうか、君にもそう見えるか」

念を押された理由がわからず、珠がおずおずと言う。すると銀市は意外そうに片眉《かたまゆ》を上げたと思うと、穏やかな表情になる。

「瑠璃子は、君の本心が見たいのだと思うぞ」

「本心、ですか」

ようやく理由を知れたが、それでも珠にはよくわからなくて眉尻を下げる。珠の困惑がわかったらしい銀市は、少し考えたあと壁掛け時計を見上げた。

「俺も説明が得意な方ではない。だから明日《あした》、少々出かけよう。今日は休むといい」

「ええと、はい。かしこまりました。お休みなさいませ」

手紙を片付け出す銀市に、呆然《ぼうぜん》としていた珠は我に返り退出の挨拶《あいさつ》をした。

部屋に戻った珠はドキドキとする胸を押さえた。

今までの屋敷での女中働きはできて当たり前のことだった。なぜなら女主人もする簡単な仕事ばかりとされていたからだ。仕事は見て覚えるのが当たり前だったし、何をするにしても気働きをして察しろと言われたものだ。

それに、妖はこちらの言葉が通じるものではないし、話しかけたら最後、害を及ぼされるものだと珠はずっと思っていた。だから銀市に言われるまで、妖怪に話を聞くという発想さえなかったのだ。

押し入れから引き出したのは、厚みがある布団だ。

はたはたと窓を叩《たた》くほど風が吹いて寒い夜の筈《はず》なのに、この布団のおかげで寒くない。今までと比べれば恐ろしいほどの寝心地の良さだ。

女中であるはずの珠にこんな良い布団を用意してくれた銀市だ。この数日、騒がしくしてしまっていることもとがめずに、珠をここから追い出すことも考えない変な主人だ。

そして、明日は困っている珠のために、瑠璃子について教えてくれるのだという。

「一体何を教えてくださるのでしょうか」

珠のつぶやいた言葉が、夜の闇にしんと染みた。

＊

昼を少し過ぎた頃、とある店の前にいた珠は緊張に固まっていた。

「珠、やはりまだ寒いか」

「ふえっ、いえ大丈夫です。旦那様がお貸しくださった襟巻きが温かいので」

銀市に気遣わしげに問われたのに、珠は慌ててそう返した。

勘違いされていると思いつつも、緊張の種の一つであるそちらの存在も思い出してしまい、首に巻いている襟巻きに手をやる。

出かける前に珠の防寒着が羽織一枚だったことに気づいた銀市が、わざわざ貸してくれたのだ。恐ろしく肌触りのよいそれを自分が使うのも、雇い主に気を遣われるのも申し訳なかった。

しかし今は、むしろ貸してもらえて良かったかもしれないと神妙に考え始めていた。

珠が銀市に引き連れられてやってきたのは、繁華街の一角にある瀟洒《しょうしゃ》な建物だ。煉瓦《れんが》壁をした建物の表に面した窓には、色とりどりの色硝子《ガラス》が塡《は》められている。入り口にある、優美な蔦《つた》模様で飾られた看板には「カフェーキャッツ」と書かれていた。着古しを着た珠が来るような場所ではない。

一体なぜこんなところにと混乱しているうちに、表情を緩ませた銀市は、重そうな木製の扉を開いて中に入ってしまった。

「いらっしゃいませ……え」

すぐさま現れた女給は、瑠璃子だった。

初めて見る着物姿であったが、裾《すそ》を短めに着て、足下にはかかとのある洋靴を履いている。暗い緑の地に黄色い蠟梅《ろうばい》が大胆に咲いた銘仙に、たっぷりとフリルで飾られたエプロンが華やかだ。

ここは瑠璃子の勤め先だったのかと珠は理解したが、その当人が恐ろしい。

瑠璃子にとっても、銀市と珠の来訪は青天の霹靂だったのだろう。彼女は銀市が何かを言う前に強引に席に案内すると、かろうじて保っていた微笑みをかなぐり捨てた。

「店に来るなんて、一体どういうつもりよっ。しかも小娘まで連れてくるなんて！」

「社会勉強の一環だ。彼女にこういう職もあると見せようと思ってな。こちらは気にしないでくれ」

「それにしたっていきなり来るのはやめてよ……」

瑠璃子は射殺さんばかりに睨《にら》んでいたが、銀市は涼しい顔をしている。結局、瑠璃子は諦《あきら》めたように息を吐いた。

「銀市さんはコーヒーよね。……あんたは」

「では、お水で……」

「じゃあミルクね、コーヒーなんてあんたには早いわ」

有無を言わせないそれに珠はうろたえたが、瑠璃子はさっさと身を翻す。

しかし銀市はその背に声をかけた。

「瑠璃子、ここに問題はないか」

思わずといった風で瑠璃子が止まる。振り返った彼女は挑戦的に笑んでいた。

「心配しすぎよ銀市さん」

珠にはそのやりとりはよくわからなかったが、銀市は特に気にした風はないためそれきりだった。

注文の品を運んできた別の女給が銀市に見とれるという軽い騒動があったものの、珠は、グラスに注がれた乳白色のミルクに神妙な顔になる。

「飲むと良い。コーヒーは女子供にはあまり好まれない。瑠璃子が飲みやすいものをと気を遣ってくれたんだと思うぞ」

「え、えとでは」

コーヒーカップを傾けていた銀市にそう言われて、珠は恐る恐るグラスを傾けた。独特の風味とほのかな甘さは味わったことのない不思議な物だったが、飲みやすい。

そこでようやく、珠は店内を見回す余裕が出来た。

照明が絞られた店内は橙《だいだい》の明かりで雰囲気良く仕上げられ、優美な曲線を描く硝子窓はレースのカーテンで彩られている。西洋式の洋館にも勤めたことがある珠には、店内を彩る調度品が、かなり良い品であることがわかった。

店内にならぶ洋風の机や椅子の席は、身なりの良い紳士や文士風の青年で六割ほどが埋まっている。彼らが吸う煙草の煙の匂いは銀市が吸うものとは違っていて、珠は少しだけ不思議な気分になった。

コーヒーを片手に、ある席の者は店に置かれている新聞や雑誌を読みふけり、ある席では客同士で活発に意見を交わしている。

そんな席の間を、悠々と歩くのは銘仙にエプロン姿の瑠璃子だ。もちろん他の女給も同じスタイルで働いていたが、一際輝いているのは彼女だった。

それなりに狭いテーブルの間を、かつこつとヒールを鳴らしながら優雅にすり抜けていく。そのたびに客から呼び止められて話しかけられている。

色めいたものもあるようだが、大抵は彼女の話を聞きたいようだった。

「瑠璃子君、最近女中が失踪《しっそう》することが多いようだが。女中の質が落ちたのかねえ」

「あらん、紳士ともあろう方が、一つの視点で物を語ってしまわれるのかしら？　女中だって人間よ、なにがあったかなんて本人に聞いてみなきゃわからないのではなくて」

「うむ、養蚕業は好調のようだな。三好《みよし》養蚕なんて養蚕以外の業界に進出してきている。相手は資金力が違うからな。うちもなにか新しいことをはじめるか」

「あたくし、業界のことはわかりませんけど、お客様が運営している会社は、昔からそこで取り引きされてるのよね。ならぽっと出の新人に経験で負けるなんてことありませんでしょ？　下手に慌てたらかえって足を掬《すく》われそうですけど」

「陸軍の中に怪談を集める妙な部署があると聞いたが」

「そんな与太話を信じる暇があったら、仕事に打ち込んだ方がマシじゃないの？」

「瑠璃子くん、仕事が終わったら」

「もう少し気の利いた誘い文句にしてちょうだい」

瑠璃子の歯に衣《きぬ》着せぬ物言いは、聞いている珠までどきりとしてしまう。

当然少々不愉快そうな顔をする紳士もいたが、大半は愉快そうに瑠璃子の言葉を聞く。

何より瑠璃子自身が一切怯《ひる》むことなく堂々としていた。

カフェーは紳士達の社交場で、格式の高い場所では女給にも高い教養が求められるものだ。ここはそういう上品な場所なのだろう。

「瑠璃子は変わらんだろう？　君と話すときも彼らと話すときも」

珠が瑠璃子が男性と堂々と語り合っている姿に見惚《みと》れていると、コーヒーを傾けていた銀市が言う。

確かにそうだ、声を荒らげることはないものの、言葉の鋭利さは変わらない。むしろこちらの方が淡々と突き放すような物言いだった。

「むしろ、少し優しかったのかも、と思いました」

「そう言える君の心の強さには感心するが。ともかく、瑠璃子は本心を隠さない。自由を愛して本音で生きる妖怪《ようかい》だ。だからこそ、相手の本心も見たがる。君に強くあたることで本心を引き出したかったのだと思う。まあそれでもあの態度を許せとは言わん」

苦笑しながらもそう続けた銀市の言葉に、珠はやはり途方にくれた。

ずっと言われたことしかしてこなかったのに、本心というよくわからないものを求められても困るばかりだ。

「本心なんて、なにも」

「ただ、君の思うことを口にしてみればどうだ」

珠が言いよどむと、銀市はそう締めくくった。それでもやはりわからなかったが、珠には、瑠璃子が悠々と店内を行き交う姿は、なんだかまぶしく思えた。

からん、とドアベルが鳴る。

新たな客が来たのだなと珠は思ったが、店内がざわついたことで雲行きが怪しいことに気がついた。入り口が見える位置に座る銀市が、眉《まゆ》をひそめている。

「おい、瑠璃子！　いるんだろう！」

珠がそちらを見ると、そこには背広を身にまとった四十代ほどの男がいた。

しかし身にまとったスーツジャケットはよれており、男の顔色も悪い。何より目つきが異様だった。ねっとりと絡みつくような恨みが籠《こ》もっている。

女給達がざわと騒いだが、瑠璃子は相手をしていた客に一言断ると、悠然と進み出た。

「上田《うえだ》様、こちらにはもういらっしゃらないでと言ったつもりでしたけど」

硬い声音は、おびえではなく淡々とした拒絶の色だ。

しかし上田と呼ばれた男は、瑠璃子を認めたとたんずかずかと彼女に迫る。

ちょうど二人は、珠の席から近い位置で対峙《たいじ》した。

「素っ気ない手紙ばかりで、しかも送ってこないで欲しいってどういうことなんだ！　あれだけ貢いでやったのにっ」

上田のそれは、ただの娘であれば身を竦《すく》ませて怯《おび》えるような剣幕だったが、瑠璃子は全く表情を変えなかった。珠は彼女がうっとうしげにちいさくため息をつくのを見る。

だがそれも一瞬で、瑠璃子は傲然《ごうぜん》と顔を上げると腕を組んで胸を張った。

「あたくしは必要ないと言ったのに、押しつけてきたのはそちらでしょ。この店を利用してくれたのはありがたいけど、あたくしはただ自分の仕事をしただけ。それ以上を求められても応《こた》えるかどうかはあたくしの自由！　つきまとって迷惑しているのがわからない男は願い下げなのよ！」

瑠璃子の見事な啖呵《たんか》に、周囲の客からぱらぱらと拍手が起こった。

彼女にまくし立てられた上田は息を詰めたが、わなわなと震え出す。

「優しくしてやっていたじゃないか。俺にはもうお前しかいないのに、お前まで俺を突き放すのか」

「色々あったことは察しますけど、あたくしはあんたの物じゃないわ。さ、とっとと出て行ってちょうだい。営業妨害で警察呼ぶわよ」

瑠璃子がもう興味がないとばかりに背を向けた瞬間、上田の顔がどす黒く染まった。

さらに珠は、彼から黒い靄《もや》のような禍々《まがまが》しい気配が燃え上がるように噴き出すのを見た。

上田が近くのテーブルからコーヒーカップを取る。

瑠璃子は何かを察したように振り返ろうとしたが、かかとの高い靴で足をすこしもつれさせた。

珠は考える前に立ち上がると、瑠璃子をかばうように身を投げた。

銀市も、瑠璃子も、全員が予想外で、カフェー内の空気が硬直する。

上田が投げつけたコーヒーカップが、珠の胸元にぶつかった。

コーヒーが珠の格子柄の着物に濃い染みを作っていく。冷めていたのが幸いだった。

ぽかんとした瑠璃子の大きな瞳《ひとみ》が瑠璃色《るりいろ》がかっているのだと、珠は今更気がついた。

「なっ」

驚き絶句する瑠璃子のエプロンにはコーヒーの染みは見えない。

よかった、とほっとした珠が話しかけようとしたが、しかし顔立ちすらわからないほど黒い靄を噴き出す上田が、懐から小ぶりの刃物を取り出していた。

薄暗い照明の中でも刃《やいば》はギラギラと光を反射する。

「もう俺はだめなんだ、せめて瑠璃子一緒に死んでくれ！」

ようやく状況を把握した客が悲鳴を上げて逃げ惑う。上田を阻む者は誰も居ない。

そのまま振りかぶられるか、と思い、珠は身をすくませた。

しかし、上田の刃物を持った手をつかんだのは銀市だった。

いつの間にか上田の背後に回っていた銀市は、つかんだ手首を無造作にひねって刃を落とさせる。こちらに振り向かせた途端、みぞおちに一発拳《こぶし》を入れた。

体がくの字に曲がった上田は、立っていられない様子で床に倒れ込む。

だが珠には、上田を取り巻いていた黒い靄が銀市の右手に集まり、捕まえられているのが見えていた。

銀市はごく自然なそぶりで右手を握ったまま、遠巻きにしている客に向けて指示を出す。

「そこの君と文士の若い君はこの男を取り押さえていてくれ。そこの店員、この店に縄はあるかね。ではこいつを縛れ。そこの君は警察に連絡だ」

威圧的とは言えない穏やかな声音にもかかわらず、有無を言わせぬ色を帯びたそれに、人々は我に返ったように動き出した。

倒れる上田を客達が取り押さえる中、銀市は右手に握った物を握りつぶしていた。

やはり、あの男には何かが憑《つ》いていたのだと珠が納得していると、ものすごい勢いで肩をつかまれ振り向かされた。

怒りと苛立《いらだ》ちに柳眉《りゅうび》を逆立てた瑠璃子は、珠の肩を強く握って迫った。

「あんたなんであたくしをかばったのよ！　あれくらいよけられたのに！　頼んでないわよこんなことっ」

今までにない剣幕に、珠はいつものように気にするなと言いかけたが、寸前で銀市の言葉を思い出した。飛び出したとき、自分は何を考えていたのか。

「あの、なんでかと言われても、とっさのことだったので、あんまり」

「なんですってぇ!?」

「で、でも今の瑠璃子様のお姿がとっても素敵で！　だから汚れて欲しくないなあと思ったんです！」

般若《はんにゃ》の形相になりかけた瑠璃子は、珠が慌てて付け足した言葉に虚を衝《つ》かれたように黙り込む。瑠璃子の怒気が緩んだことにほっとしながらも、珠は言ってからそうだったと腑《ふ》に落ちた。

美しい着物が、なにより凛《りん》とした瑠璃子が汚されるのが嫌だったのだ。

自分が思っていたことがようやくわかった珠は、表情を緩ませた。

「瑠璃子様がご無事で何よりでございました」

コーヒーの染みが付いた格子柄の着物を全く気にせず、珠はただ瑠璃子の無事を喜んだ。

そんな珠に絶句していた瑠璃子は、深くため息をついた。

「……ああもう。本っ当にあんたはどうしようもないわね」

「ご不快にさせてしまいましたか」

瑠璃子は苛立ちを抑えるように頭に手をやっている。また、間違えてしまったのだろうかと不安になった珠がおずおずと窺《うかが》うと、瑠璃子はぎゅっと眉を寄せながら、いきなり珠の手を取った。

何をするのかと珠が戸惑っていると、瑠璃子はそのまま珠を引っ張って、店の奥へと導きながら言った。

「コーヒーの染みは今すぐ水につければマシになるはずよ。裏でやってあげる」

「助かります。替えの着物は一着だけなので」

珠が素直にそう言うと、瑠璃子はなぜかぴたりと動きを止める。

振り返った瑠璃子は、まるで責めるように恨めしげな半眼で珠を睨《にら》んだ。

「……予備の着物があるから着て帰りなさい」

「いえ、そこまでは。旦那《だんな》様をお待たせしてしまいますし」

「銀市さん！　待ってくれるわよね！」

即座に瑠璃子がけんか腰で銀市に叫ぶと、客と共に相談していた銀市がこちらを向いた。

「これから警察が来るまではいなければならんから、問題ないぞ」

「よし、つべこべ言わずに着替えるのよ！」

止めるものがなくなった瑠璃子は有無を言わせず、ぽかんとする珠を店の奥へと連行していく。

店裏で借りた着物に着替え、コーヒーのしみ抜きをしている間、瑠璃子は珠に山のように文句を言った。

しかし、その声音はなんとなくいつもの険が薄いような気がして、珠は少し驚いていたのだった。

＊

警察は騒動を男の一方的な付きまといということで片付けてくれ、もちろん銀市が握りつぶした何かは誰にも見とがめられることはなかった。

瑠璃子はむっすりと自分のアパートへ戻ると言ったため、珠と銀市は二人で店へと帰る。

そして、カフェーでの騒動の翌朝、珠は夜明けにぱちりと目が覚めた。

いつもの時間、いつもの習慣だ。けれど昨日より少しだけ緊張をしていた。

寒い中で着物をまとい、帯を矢の字に結んで前掛けのひもをきゅと締める。

格子の着物からコーヒーの染みは抜けたものの、一日は乾かさねば着られなかった。なんとか考えないといけないだろう。

そんな算段もしつつ、珠が一階へと下りて向かうのはやはり台所だ。

しんしんと冷気が忍び寄る台所には、瓶長がいつも通り勝手口の脇に鎮座している。

こくりとつばを飲み込んだ珠は、土間の下駄《げた》を足に引っかけると瓶長の前に立った。

瓶のふくらみにぐるりと大柄な目鼻が現れ、ぎろりと珠をにらんだ。

かたくなに見える表情にひるみつつも、珠は声を絞り出した。

「瓶長さん、今まで申し訳ありませんでした。もし許してくださるのなら、お水をいただけないでしょうか」

珠は瓶長のにらむようなまなざしから、目をそらしたくなるのをこらえる。

一拍二拍と時が過ぎ。

ちゃぷん、と水の揺れる音がした。

ついで瓶長の太い手によってふたが開けられると、そこにはなみなみと清水がたたえられていた。瓶《かめ》の底まで覗《のぞ》けるほど透明な水は、そのまま飲んでも大丈夫なのは明白だ。

ぽかんとしていた珠は、瓶長が太い手で珠に柄杓《ひしゃく》を押しつけてきたので慌てて受け取る。

「あ、ありがとうございます」

あっけない。本当に簡単に瓶長は許してくれてしまった。

桶《おけ》に移した水は、冬らしく手がしびれるほど冷たかったが、珠の胸の奥はほうと温かくなった。

むずむずする気持ちのまま水を使い、珠がかじかんだ指をこすり合わせていると、傍らに熱を感じる。

目をやると、いつの間にかそばに居たのは、鶏に似た化生だった。頰のあたりが赤く染まっており、羽の先はまるで炎のように揺らいでいる。体が触れている訳でもないのに感じられるほど熱を帯びていることから、妖《あやかし》だと察せられた。

鳥の妖は珠のそばでたたずんで、熱を分けてくれているようだった。

はじめて遭遇した妖に珠が驚いていると、勝手口からひょいと狂骨が顔を覗かせた。

『おやま居候ちゃん、和解できたようで良かったよ。それにしてもヒザマまで出てくるなんて……って何だ全員かい』

狂骨のあきれた声に珠が顔を上げれば、天井の梁《はり》から床から隙間という隙間から、黒くつるりとした鳥の卵のようなものが現れていた。わさりと。

どこに隠れて居たのかと驚く数だ。

卵の部分はこぼれそうなほど大きな一つ目と、体を真一文字に割るほど大きな口に占められており、糸のように細い手足がついている。

その大きな目でじっと珠を見つめながら、さわさわきしきしとせわしなく鳴らす音に珠は聞き覚えがあった。飯炊きや雨戸を引くときには必ず響いていた音だ。

以前の銀市の話に出てきた妖怪《ようかい》に照らし合わせれば。

「家鳴りさん、ですか？」

訊《たず》ねたとたん、家鳴りたちは肯定するようにお互いの体をぶつけ合ってざわめいた。きしきし、ぱしぱし。鳥の卵のような見た目をしているために、珠は割れやしないかとはらはらしたが、彼らは存外丈夫なようだ。

こんなに居たことすら気づかなかった珠は、わらわらと集まってくる家鳴りたちに頭を下げた。

「今までご挨拶《あいさつ》もせずに申し訳ありません。私になにかできることはありませんか」

家鳴りたちがざわざわきしきしとお互いをぶつけ合う。それが戸惑いを表しているのは珠にもなんとなくわかった。

『ああ、家鳴りたちはあんたのことお客さんだと思っていたからねえ。だって居候ちゃん人間だし』

背後で響いた狂骨ののんびりとした声に、珠はなるほどと理解した。引き下がるのも選択肢だろう。所詮《しょせん》、珠は期間限定の居候なのだから。

けれどなんとなく、本当になんとなく珠は言葉を続けていた。

「皆様のお邪魔はしたくありません。ですが、お仕事をさせていただけましたらありがたく思います。皆様にまじってなにかしたいのです」

このままでは嫌だという思いで珠が言いつのれば、家鳴りたちのざわめきがぴたりと止まった。まるで相談するように、仲間内で顔を見合わせるような仕草をする。

次の瞬間、家鳴りはするするころころと移動し始めた。

足を巻き込まれた珠が家鳴りに流されるまま外に回ると、日陰の一番涼しいところにたたずむ納屋に案内された。

この規模の屋敷にしてはこぢんまりとした納屋の中はがらんとしていたが、片隅には大根やごぼう、にんじん、ねぎ、葉物野菜まで保管されている。

今までの献立からすれば、意外なほど豊富な食材に珠が驚いていれば、家鳴りたちはそれぞれに野菜を持つと、珠に押しつけ始めた。

中には自分の体よりも大きい大根を持ち上げようとして、押しつぶされかけている家鳴りもいる。

慌ててそれを助けた珠だったが、戸惑いは消えない。

「え、その、どういう意味でしょう？」

『野菜の使い方がわかんなかったみたいねえ。最近はがんばってたけど、飯が必要ない妖怪は料理に興味がないからさ、作り方も限られてるわけ』

「ああ、だからお味噌汁《みそしる》に出汁《だし》が利いてなかったのですね」

狂骨の言葉に、珠は味噌を溶かしただけといった味わいだった味噌汁を思い出す。

粗食が方針だからではなく、単に調理が出来なかったからかと納得していると、家鳴りたちが暗く落ち込んでいた。つるんとした黒い卵でもわかるものだなと珠は感心しつつ、今までの献立も思い出してみた。

味噌汁に白飯に漬け物だ。味噌汁には一種類、刻んだ野菜が煮られているだけのそれを銀市は文句も言わずに食していた。

年頃の少女であれば、花嫁修業のために一通りの家事は仕込まれる。珠は少々事情が違ったが、それでも一汁三菜をこしらえることはできた。

「旦那《だんな》様は、許してくださるでしょうか」

ぽつりとつぶやけば、ざわと家鳴りたちがざわめいた。

心なしか納屋がぎしぎしと揺れるほどの明るい騒ぎ方に、珠は思わず表情を緩ませた。

「皆さんは喜んでくださるのですね」

『おやまあ、あからさまだねえ』

狂骨の呆《あき》れた声の中でも、肯定するように騒ぐ家鳴り達に、しゃがみ込んだ珠は言った。

「では、作らせてくださいな」

「――火鉢さん、いつもありがとうございます。今日もよろしくお願いしますね」

珠が陶火鉢の付喪神に煮炊きを終えた竈《かまど》の炭を移していれば、背後から足音が響いた。

「……何をしている」

「旦那様、おはようございます」

そこには着流しに綿入り半纏《はんてん》を引っかけた銀市が立っていた。

意外そうな顔で、まだほんのりと暖が残る台所を眺める銀市に、珠はほんの少し緊張しながら答えた。

「家鳴りさん達と朝ご飯をご用意しました。どうぞ茶の間へ」

「なんだって」

目を見開いた銀市が座敷へ移動すれば、置いてある長火鉢にはすでに埋《うず》め火の炭が入れられ、五徳の上に片手鍋《なべ》がかけられていた。

銀市は、良い香りが広がっているのはそこからだと気づく。

ちゃぶ台におかずの小鉢をならべた珠は、火鉢で温めていた味噌汁を椀《わん》によそった。煮立つ寸前の味噌汁から鰹節《かつおぶし》の香りが湯気と共に立ち上る。

次いで櫃《ひつ》から白飯をよそった珠は、そっと銀市に勧めた。

「どうぞ。白飯はいつも通り家鳴りさんたちに炊いていただきましたので、おいしいです」

「そうか。……いただこう」

珠がこしらえたのは、ねぎと里芋の味噌汁、漬け物と小松菜の煮浸しだった。

冬の野菜はあらかた揃っていたため、様々なおかずが作れたのだが、銀市が今までの献立を好んでいる可能性を考えて、品数は最低限にしている。

銀市は箸《はし》を持つと、神妙な面持ちで味噌汁に手をつける。彼が背筋を伸ばし椀を傾ける姿は、どこか品があり美しい。

だが珠はそれどころではない。勝手をして怒られやしないか。口に合わないと言われやしないかと不安でいっぱいだった。

飯の入った櫃の傍らに座った珠が固唾《かたず》をのんで見守っていれば、こくりと嚥下《えんか》した銀市が目を見開いた。

「うまい」

簡素な一言。それが珠の心にぽんと飛び込んできた。

銀市はしみじみと味噌汁をすすると、煮浸しにも手を出す。箸を動かす速度はけして速くはないが衰えることもなく、見る間に白飯が減っていく。

「味噌汁はこんな味がするものだったな、忘れていた。煮浸しも味がほどよく染みてうまい。外では普段の菜の物は食えんからな……っと」

いったん食べる手を止めた銀市が、いぶかしそうに珠を見た。

いつもより饒舌《じょうぜつ》な銀市をぽかんと見ていた珠は、びくんと背筋を伸ばす。

「君はまだ手をつけていないじゃないか。冷める前に食べるべきだ。初日にも言っただろう、どうせ居るなら顔を合わせて食べようと」

「いえ、でも。あのう。私一応女中ですし、お給仕もしなければなりませんし、旦那様と食卓を共にするのはあまり……」

褒められたことではないのだが。と言いかけた珠は、銀市の険しい視線に口ごもった。

再三言われていたため、今日のちゃぶ台にも珠の食器は用意してあったが、胸の奥がむずむずと落ちつかない心地になる。

しかしながら主人の言いつけである。珠はおとなしく自分の茶碗《ちゃわん》に飯をよそりはじめたのだが、ふたたび銀市が口を開いた。

「それと、話せるようになったんだな。良かった」

それが、妖怪たちとのことだとすぐにわかった珠は、銀市が唇の端を緩めているのに戸惑った。

険しい顔が崩れないと思っていたからかもしれない。笑うと若く見えるものだと思っていたが、珠はその笑顔にどこか老成した雰囲気を感じた。

けれどまた胸の奥が温かく感じられて、珠はおずおずとうなずいた。

「はい、瓶長さんも許してくださって。きれいなお水をたくさんくださったんです。竈の火はヒザマさんが熾《おこ》してくださっていたんですね。家鳴りさんたちとご飯を作って、ああ、私には言葉がわからなかったのですけど、狂骨さんが間に入ってくださいまして……」

「狂骨が言葉をかわしたか」

「初日から沢山、助けて頂きました」

「そうだったのか……。あいつもまあ素直じゃないな」

思いつくままに話していたら取り留めがなくなってしまったが、銀市は気にせず相づちを打っていた。見間違えでなければ、どことなく楽しげですらある。

それに珠がもぞもぞ落ち着かないような心地になっていると、銀市がしみじみと言った。

「妖怪は存在を認知されれば、より現世で力を振るえるが、認知のされ方によって姿も変わる。屋敷の居候どもにとって良き隣人とされたんだな」

「よき、隣人ですか」

「ああ、恐れられれば見るに堪えぬ怪物にもなる。……君には狂骨がどんな風に見えた」

「緋《ひ》襦袢《じゅばん》が少し寒そうな、きれいな方です。私がお水に困っていたときに声をかけてくださいました」

「外の人間には、あれは恨みを吐く汚れた骨にしか見えん」

目を丸くする珠に、銀市はまた一口味噌汁をすする。

「だから、狂骨は君に姿を現せたのだろう。君ははじめから、当たり前に妖怪を見てありのままを認識した。見える者のなかでも希有《けう》なことなのだよ。居候たちが右往左往していたのは許してやってくれ」

「いえ。いえ……」

言葉に詰まった珠がうろたえていると、銀市が茶碗を持って立ち上がった。

「米はまだあるな。ならお代わりをもらおう」

「そのようなこと、私がやりますっ」

「好きなだけよそりたい」

銀市に真顔で言い放たれた珠は、素直に浮かせていた腰を元に戻したのだった。

昼を過ぎるころに銀古の客足はいったん途絶え、珠はほうと陶火鉢の傍らに座り込んだ。

すると、天井からするすると天井下《さが》りが降りてくる。

『さむくない？　着物もってくる？』

「天井下りさんありがとうございます。大丈夫です」

珠が礼を言えば、毛むくじゃらの顔でふんわりと笑うと、天井へと戻っていった。

「なつかれたな。……吸うぞ」

銀市が煙管《キセル》を取り出して言うのに、珠は以前から思っていたことを口にした。

「あの旦那様、私のことは気になさらず、お好きに吸ってください。ここは旦那様の屋敷なのですから」

煙管は男女問わず当たり前のようにたしなむもので、昔ながらの店なら、今でも吸えるように道具が用意されているものだ。現にこの銀古にくる妖《あやかし》の何人かは煙管をくゆらせていた。

だが銀市は珠が来てから吸うときは、必ず断りを入れるのだ。比較的よく吸う銀市には面倒だろうと思うのだが。

「同居人なのだから、お互いに居心地よく過ごせるように配慮するのは大事だろう」

「そう、なのですか」

「……ただ、まあ時々言葉に甘えることもあるかもしれん」

そう言いつつ煙管をぷかりとふかす銀市は、珠の方にあまり煙が行かないように気遣ってくれていた。

なんとなく胸の中に困惑に似た何かを残す。ただ銀市がくゆらせる煙草の香りは、カフェーで嗅《か》いだものとは違い、薄荷に似たやさしい清涼感があって嫌いじゃなかった。

「そうでした。旦那様、お茶を飲まれますか」

「もらおうか」

手持ち無沙汰《ぶさた》になった珠が立ち上がって台所へと行くと、家鳴りたちが急須《きゅうす》と湯飲みを準備して待ち構えていた。茶筒を開けて少し嗅いでみると、馥郁《ふくいく》とした香りがした、おそらく良いものだ。火鉢にかけてある薬缶《やかん》から湯を注げばいい。

「家鳴りさんたち、ありがとうございます」

家鳴りたちがきしきしと楽しげに騒ぐのを聞きながら、珠が茶道具をのせた盆を持って行くと、がらがらっと派手に扉が開けられる音がした。

「たのも――――っ!!」

果たし状を叩《たた》きつけるがごとく、血気盛んに現れたのは瑠璃子だった。

昨日彼女はアパートに戻ると言っていたため、珠は少々心配していたのだが。あれだけの騒動があったにもかかわらず、彼女は普段と全く変わらない勢いだ。

とはいえ瑠璃子の勢いに珠は面食らったが、さらに驚いたのは彼女がモダンな装いには不釣り合いな大風呂敷《おおぶろしき》を背負っていたことだ。

お盆を持ったままの珠が大荷物の瑠璃子にぽかんと立ち尽くしていると、瑠璃子は挑むようにずかずかと歩いてくる。そしてパンプスを脱ぎ捨てて板の間に上がったとたん、ざっと風呂敷を広げた。

途端、色の洪水が広がる。

風呂敷の中から現れたのはおびただしい数の着物だった。牡丹《ぼたん》、浅葱《あさぎ》、藤、琥珀《こはく》、萌葱《もえぎ》など鮮やかな色で愛らしい花やアールヌーヴォーの模様が大胆に染められた長着や帯がこれでもかと広げられる。長着の光沢からして絹物だ。

「流行《はや》り柄の銘仙よ。最近絹が安くなったからね。目が詰まってて丈夫だから、女学生の普段着に大人気なのよ。どう」

「とても、きれいです……」

珠は華やかな模様に目を奪われていた。

街角で見かける女学生が、このような着物に袴《はかま》を合わせて楽しそうに通学しているのを珠は知っている。きれいだなといつもほれぼれと眺めていたのだ。なにより、昨日の瑠璃子の装いも美しかった。

その現物をこんな間近で見られるなんて幸運だと見つめていたのだが、瑠璃子は不満げな顔をしていた。

「あ、申し訳ありません、瑠璃子様、今お茶を淹《い》れますね」

「ああもうそうじゃないわよこの天然！　どれが気に入ったのよ！」

「はい？　あっ」

意味がわからず、珠が盆を持ったまま立ち尽くしていれば、瑠璃子はいらだたしげに珠の茶の盆を取り上げ、代わりに長着を押しつけた。

華やかな鴇色《ときいろ》に、山吹色の意匠化された花が大胆に広がる。

「……ふん、やっぱり似合うじゃない。もうちょっと濃い色でも、淡い色に強い柄を合わせてもいいかしら」

「あのあの」

唐草模様のように絡み合う花々の美しさに珠がうろたえていれば、ぶつぶつとつぶやいていた瑠璃子が半眼でにらんできた。

「この銀古の従業員なら、もうちょっとましな格好をしなさい。長着が二着だけに羽織しかないなんて、凍死願望でもあるの⁉」

「そのようなつもりはないのですが……。申し訳ありません。お給料が貯まったらそれなりのものを用意いたします」

たしかに客商売に、珠の着古した縞《しま》の着物はふさわしくないだろう。一着くらいまともに見られる着物を用意したほうがいいかもしれない。

珠がなんとか少ない蓄えで工面できないかと考えていれば、瑠璃子がいらだたしげに声を張り上げた。

「だーかーらー！　あんたが地味で芋くさい格好してるから持ってきてあげたのよ！　感謝して選びなさい！」

「えらぶ……？」

「瑠璃子は君に着物を都合しにきたらしいぞ」

自分で茶を淹れはじめていた銀市に補足された珠は、ようやく飲み込めて絶句した。

まさかと思って見れば、瑠璃子はむっつりとした顔をしながらもどことなく頬が赤く染まっているような気がする。

「あんたの着物、あたくしがだめにしたようなものだもの。一応助けて貰《もら》ったってことにもなるし、好きな物だけでも選びなさい」

瑠璃子の言葉が頭に染み渡るに連れ、珠は青ざめた。このようなおびただしい数の着物をもらうわけにはいかない。仕立て上がっているからには古着だろうが、着ない着物を質草にして金を借りることができるくらいには価値のある物なのだ。

うろたえた珠が思わず鴇色の着物をそっと肩から滑り落とそうとすれば、半眼の瑠璃子に押さえつけられた。

「趣味に合わないんならともかく、それ以外で断るなら許さないわよ」

「あの、ですが」

「これはあくまで銀古のためよ！　銀市さんに恥をかかせるつもり！　返事ははいだけ、オウケイ!?」

「お、おうけい？」

「いいわねってことよ、いいわね!?」

「は、はい瑠璃子様っ！　ですが一着だけ……」

「聞こえなかったわ。昼夜帯と普段用の細帯と、あと半襟もいくつか持ってきたの。どうせ下着もないんでしょ。縫えるんならこの反物も適当に使いなさい。袖《そで》は自分で適当に詰めて。あ、でも短くしすぎるのは禁止よ、野暮ったいったらありゃしない。返事は！」

「はい！」

最敬礼で返事をする珠に、瑠璃子は満足そうににんまりとする。

その横で茶をすすっていた銀市は、あきれた声を漏らした。

「素直に今まで悪かったとでも、助けてくれてありがとうとでも言えばいいものを」

瑠璃子はぎろりと銀市を睨《にら》んだ。

「銀市さん、これはあくまで銀古のための行動なんですからねっ。そもそも銀市さんこんなみっともない格好なんで許してるのよ！　拾っただけじゃ意味ないのよ！」

「いやそこまでは考えが至らなかった」

「あ、その。申し訳ありません旦那《だんな》様、お茶も淹れず」

銀市がお茶をすすっているのに、本来の自分の仕事を思い出した珠はまた青ざめたのだが、銀市は気にするなとばかりに手を振った。

「かまわない。瑠璃子につきあってやってくれ」

「え、え」

「よし、銀市さん奥の部屋借りるわ。火鉢っついてきなさい！」

戸惑っている間に珠は瑠璃子に腕をつかまれて奥へ連れ込まれた。

心得たようについてくる火鉢の熱であたたかい部屋で、珠はあっという間に着物を脱がされると、瑠璃子によって広げられた着物を前に迫られる。

「どれがいいかしら」

「あの、えと。なんでも……」

どれと言われても珠は選べるほど、好みというものがわからなかった。村ではずっと他者から決められたものを受け入れるだけで、帝都に来てからも譲られる物で過ごしていたのだ。だから何かを特別に選ぶことなどしたことがなかった。珠にとってきれいなものは、ただ遠くから眺めるものだと思っていたほどだ。

途方に暮れていると、珠は瑠璃子に両頰を挟まれた。

瑠璃子は猫そのものの瞳《ひとみ》で逃さないとばかりに、珠をのぞき込む。

「服には気を遣いなさい。あんたの格を決めるんだから。だから自分で選ばなきゃだめ」

その力強い声音に、珠は彼女がそうやって誇りを持って生きているから芯《しん》をもっているのだと感じてまぶしく思う。

だがなにを基準に選べばよいかわからない。うろうろと床に広がる長着に目を滑らせた珠は、その一つに吸い寄せられた。

青みがかった紫の地に大輪の牡丹が咲いたものだ。地の紫に目が覚めるような紅と白は大胆な柄行きで美しい。その牡丹が、櫛《くし》のそれに似ている気がした。

珠の様子に気がついた瑠璃子は、満足そうに笑った。

「ふん、選べるじゃない。これなら黒で落ち着かせるのもいいし、橙色《だいだいいろ》のこの帯で遊ぶのもいいわ」

言いながら、瑠璃子はあっという間に牡丹の長着を珠に着付けていく。

さらりとした絹の手触りに、自然と珠の心が弾んでいく。

「はいおしまい。あらん、家鳴りども、たまには気が利くじゃない」

珠が振り返れば、続きの部屋から小さな家鳴りたちが協力して鏡台を運んできていた。

鏡台が置かれ布がはがれたとたん、牡丹の長着を着た珠と、その背後で満足げな顔をする瑠璃子が映った。

半襟は珠が使っている汚れが目立ちにくい暗色のものだ。けれど紫地に咲く牡丹と橙の格子柄の帯が華やかで、纏《まと》う珠まで華やかに彩っていた。

「似合ってるわね。うんよし、さすがあたくし。古着屋をひっくり返したかいがあったわ」

「え」

「……別に何でもないわよ、さっ銀市さんに見せに行くわよ！」

まるで自分ではないような姿に見入っていて、瑠璃子がぼそりとつぶやいた言葉を聞き逃してしまった。

珠が振り返る前にぐいぐいと押されて、珠と瑠璃子は帳場に戻る。

銀市は、珠が現れたとたん目を見開いた。

しげしげと見つめられた珠は、落ち着かなくて手を握り合わせる。

「おかしくは、ないで、しょうか」

「よく似合っている」

ふ、と銀市が眼差《まなざ》しを和ませるのに、珠は息を呑《の》んだ。

瑠璃子は得意げに胸をはる。

「ふふん。あたくしにかかればこんなもんよ！　さあ、これからは自分で選んで着なさいよ。時々チェックしに来るからね」

「ほう、お前にしてはずいぶんマメだな」

「先輩ですもの、後輩の面倒を見たっていいじゃない！」

銀市がからかうように言うのに、瑠璃子は声を荒らげるが、どちらにも険はない。それが日常なのだ。そんな気安いやりとりを聞きながら、珠はどきどきする胸を押さえた。

こんな風に、誰かに何かをして貰ったことはない。ただ着物を着て褒められたことも。

だからこの胸の昂揚《こうよう》は綺麗《きれい》な着物のおかげだ、と思った珠は、瑠璃子に声をかけた。

「瑠璃子様っ」

「あん、なによ、う？」

「綺麗な着物を着ると、こんなに心が弾むものなんですね。ありがとうございます」

顔をほころばせて、熱い頬のまま珠が言えば、瑠璃子は目をまん丸にして絶句していた。

銀市も少々おどろいていたが、興味深そうな表情で瑠璃子を眺めている。

瑠璃子は一拍二拍固まった後、軽くため息をついた。

「そんな顔もできるんじゃない。ほんと、赤ん坊のあんたに求めるレヴェルが高すぎたのね。あたくしも見る目がまだまだだわ」

「あの、私は一応十六になっているのですが」

「心の問題よ。どうしてそうなったかは知らないけど。まずは好きなもんを増やしなさい」

珠にはよくわからない話をした瑠璃子は、ふいと顔をそらした。

「あと、瑠璃子でいいわよ。同じ従業員なんだし」

「え……」

唐突に肯定された珠がぽかんとしていると、わずかに顔を赤らめた瑠璃子はすでに銀市の方を向いていた。

「それとね、あたくしに無礼を働いた男のことだけど。あいつ、数週間前からあたくしにつきまといをしていたの」

「お前がわざわざこちらに泊まりに来たのは、それも原因か」

納得した様子の銀市に、瑠璃子は決まり悪そうな顔をしながらも続けた。

「まさか、邪魅《じゃみ》に取り憑《つ》かれているとは思わなかったのよ。それでもなんとかするつもりではあったんだけど」

「邪魅は心の隙に住み着いて惑わせ害を及ぼすからな。しかし元来弱いものだ。隙が出来るほどの何かがあったんだろうな」

「今をときめく三好養蚕に、商売のシェアを取られて会社が倒産したのよ。多少おおざっぱな所はあるけど、悪くない経営をしていたはずなのだけど。世の中なにがあるかわからないものだし、時代の流れなのかもね」

最後の方は釈然としない面持ちで言った瑠璃子だったが、すっと立ち上がった。

「さ、これで巻き込んだ義理は果たしたわ！　じゃああたくしはアパートに帰るわ」

「ほう、もう良いのか」

「なあに、銀市さん寂しい？」

「いいや。――次はこちらに帰ってくるか」

銀市の問いかけに、瑠璃子ははんっと笑った。

「あたくしは猫又よ？　長く同じ場所に住むことはないの」

そして瑠璃子は珠を振り向くと指を突きつける。

「珠、絶対着なさいよ！　抜き打ちで確認しに来るんだからっ」

「は、はい！　かしこまりました」

まさに着物をしまい込もうと考えていた珠がぴんと背筋を伸ばして応じれば、瑠璃子は満足そうににんまりと笑って、去って行ったのだった。

猫のように優美な姿を見送りながらも、珠は彼女が置いていった着物の数々を思い呆然《ぼうぜん》とする。

「こんなに沢山……ほんとうに、いただいて良いのでしょうか」

「瑠璃子は嫌いなことにはてこでも動かん。報いたいのなら着てやれ」

さらりと言った銀市は、次いで思い出したように続けた。

「あといくらか食費を都合しよう。出入りの行商が居るが、商店で買いたいときもあるだろう？　当座はそうだな、これでどうだ」

「こんなにっ⁉　必要ありません！」

懐から銀市が取り出した大金に珠は目を丸くする。

焦った珠が手を振って拒絶すれば、銀市は少し決まり悪そうに言った。

「使った分は記録して、多い分は返してくれれば良い。俺には食費の相場がわからんから、君が管理してくれ。もう出汁《だし》が入っていない味噌汁《みそしる》には戻れん」

「旦那様……」

切実な訴えを、珠はどう受け止めていいかわからず黙り込むと、銀市が表情を和らげた。

「君のような若い娘を雇うのは初めてでな。俺も配慮が足りなかったと反省した。わからないことや必要なことがあれば聞いてくれ。直していこう」

珠は胸が熱くなるような、戸惑うような心地に、きゅと手を握り合わせた。

ようやく任された己の仕事である。ただ、その喜び以外にも何かがあるような気がした。

それでも答えは決まっている。きり、と珠は表情を引き締めた。

「……わかり、ました。その信頼にお答えできるよう、誠意を込めてお作りいたします」

「そう、気張らなくてもよいのだがな」

銀市が苦笑をしていると、がらり、と店の引き戸が開けられた。

時は夕暮れ、入ってきたのは一本足に一本角を備えた大男だった。

「店主、なにか仕事はないかね」

「ああ、こちらに来るといい」

驚きもせず銀市はその大男を迎え入れる。

客のおとないにはっとした珠は、ためらいかける心をそっと抑えて、大男に話しかけた。

「あの、お客様はお茶はいかがでしょうか」

「おや、めんこい人の子だ。外は寒くてな。熱い茶がのめるんなら極楽だが」

軽く驚いている一本角の大男の答えに、珠はぺこりと頭を下げる。

「かしこまりました、ただいまお持ちいたします」

「本当に茶が出てくるのか。……店主、アレは」

「期間限定だが、うちの従業員だ。よろしく頼む」

銀市の言葉を背に聞きながら、急須《きゅうす》と盆を持って下がった珠は、どきどきする胸を感じながら軽い足取りで台所へと戻ったのだった。

第二章　助手乙女と初仕事

口入れ屋銀古《ぎんこ》に来てから半月。食事の支度という仕事を得た珠《たま》は、徐々に妖怪《ようかい》達との距離や付き合い方をつかみはじめていた。

屋敷内の掃除はあまり参加出来てはいないものの、料理は全面的に珠が取り仕切る。さらにその延長で、食材の購入も珠の役割となっていた。

ただ、珠が買いに行くものはさほど多くはない。妖怪達は相談料代わりに野菜や乾物の類《たぐ》いを持ってくるため、納屋には常に野菜が保管されている。主に買いに行くのは肉や魚。そして調味料の類いだが、数人分だと大した量にはならないのだ。

それでも、珠は顔合わせにと銀古の近所にある八百屋や魚屋、肉屋に行ったのだが、銀古で女中をしていると話すとものすごい顔で硬直されたものだった。

「珠ちゃん、今日はこんなところだが……だいじょうぶかい？」

魚屋の行商に話しかけられ、桶《おけ》の魚を吟味していた珠はきょとりとして顔を上げた。

「どのお魚もおいしそうで迷ってしまうくらいですよ？　いつも来て頂いて、とても助かります」

「そ、そうかい？　そりゃあ、うちの魚は鮮度にこだわってるからねぇ」

珠が礼を言うと、独り身だという魚屋は照れくさそうに頭をかいたが、はっと我に返った顔をする。

どうやら、桶にならぶ魚のことではなかったらしい。珠としては午前中にもかかわらず、銀古まで訪れてくれたのはありがたかったのだが。

「いやね、そうじゃなくて。そのう、お勤めがつらいとか、怖いとかないかい？」

魚屋がなんとも言いづらそうにしているが、珠は話の意図が読めずに小首をかしげる。

「そのようなことは何も。旦那《だんな》様はとても良くしてくださいますから。魚屋さんのお魚も喜ばれてるんですよ。……あ、この鯖《さば》をくださいませ。二枚に下ろしてくださると嬉《うれ》しいです」

「あいよ……へええあの口入れ屋の旦那が！　こんな下町に住んでるとは思えない色男だろ。ちょいと近寄りがたいし噂もあってなあ。こんなお嬢ちゃんが女中さんとして入ったなんて、大丈夫なのかと思ってたんだ」

「噂、ですか？」

桶に渡したまな板の上で、魚屋がたちまち鯖を下ろしていく手際を、珠は眺めながら話を聞いた。

「ここいらじゃ、あの口入れ屋に来るのはよそもんばっかだからよ。いやまあよそ者が来るからこそ、口入れ屋なんだけどよ。店を開ける時間も妙だし、あそこに来る客はこう、暗いというか妙な輩《やから》が多いからなあ。女中が行方不明になってるって噂も、あそこがかかわってるんじゃねえかと……おっといけねえ。働いてる珠ちゃんに言うことじゃなかったな」

気まずげにしながら、魚屋は新聞紙にくるんだ包みを珠に渡す。小銭と引き換えに受け取った珠は、どう言ったものかと悩んだ。

確かに銀古にくる客は妖怪が多いが、まさか正直に言って信じてはもらえないだろう。だが珠にとって銀市《ぎんいち》はとても良い雇い主だったため、誤解されたままなのも残念だった。

「ご心配にはおよびません。屋敷の皆様はよくしてくださいますから。とても快適に過ごさせて頂いてます」

居候は期間限定なのだが、そこまで言う必要はないだろう。

珠は安心させるために言い切ったのだが、片付けをしていた魚屋は、なぜかさあと青ざめた。

「や、その。屋敷に他の人間がいる、のかい？　珠ちゃんが来るまで店主一人しか居なかったのに？」

妙なことを聞くなと首をかしげた珠だったが、魚屋が続けた言葉にしまったと思った。

妖怪は、人には見えないのだ。

その時、屋敷のほうからぎしぎしばちばちと盛大な音が響く。

びくりと震えた魚屋は、ばたばたとまな板と包丁を桶にしまうと、天秤棒《てんびんぼう》を担いだ。

「ま、まいどありがとさん！」

そう言い残すや桶を盛大に揺らしながら去って行く魚屋を、珠は見送って振り返る。

屋敷の縁側や屋根には家鳴り達がわさりとならび、楽しそうにお互いの体をぶつけ合っていた。

銀古には客が何人も待つことはないものの、入れ替わり立ち替わり妖怪が相談に来る。

珠はそのほんの少しの待ち時間に、客の相手をしたり、茶を淹《い》れたりするのが日課になっていた。

ただ、と昼食休憩中、珠は思い切って切り出した。

「もしかして、人のお客様はあんまりいらっしゃいませんか？」

昼食の献立は鯖の味噌《みそ》煮に、五月豆と漬け物だ。冬場は常備菜が作りやすくて助かるな、と思いつつ返事を待っていると、五目豆をつまもうとしていた銀市の箸《はし》が止まった。

言葉を探すように視線をさまよわせていたが、

「少ないどころか皆無よ。今さら気がついたの？」

軽い足取りで現れた瑠璃子《るりこ》が先んじて言った。今日はゆったりとした膝下《ひざした》丈のワンピースに柔らかな肩掛けとコートを合わせている。

「瑠璃子さん、いらっしゃいませ。今日のご飯は鯖の味噌煮ですよ。鍋《なべ》にあります。お味噌汁はいつもの通り、そこの火鉢に」

「やったお魚ーっ！　外じゃあたくしのイメェジがあるから食べられないのよっ」

あの後、珠は瑠璃子にダメ出しをされ続けた結果、呼び方はさんづけで落ち着いていた。

うきうきと台所から味噌煮を持ってきて、自分で味噌汁と白飯をよそっていく瑠璃子に、銀市が複雑そうな顔をする。

「お前、最近飯を食いに来る頻度が上がっていないか」

「別にいいじゃない。ちゃんと仕事の報告もしてるでしょ。ああいいわぁ鰹出汁《かつおだし》ぃ。最近、洋食が続いてご無沙汰《ぶさた》だったのよ。ありふれているんだけど、なんだかほっとするのよね。あんたの故郷の味なのかしら？」

嬉々《きき》として味噌汁を啜《すす》る瑠璃子は銀古に寝泊まりこそしないが、三日にあげず顔を出しては食事を取っていた。

今では珠も慣れたもので、自分の食事をしながら瑠璃子の問いに応じた。

「小さい頃から一人で食事を作って食べていたので、母の食事を食べたのはずいぶん昔だったのですが。それでも味付けの記憶が残っているのかも知れませんね」

珠は普通に言ったつもりだったのだが、銀市も瑠璃子もぎょっとした様子で手を止めてこちらを見ていた。

「は、どういう意味よ？　家族と別で食事をしていたように聞こえるけど」

都市部ならともかく、地方では未《いま》だに大家族での集団生活が基本だ。小さい頃から一人で作って食べていたなんて言われれば、おかしいと思って当然だろう。

しかし、それが珠の村での日常だったのだ。

「その通りですよ。両親は同じ村におりましたが、離れて一人で暮らしていたので。病気になったときは、お水だけで過ごさなければいけなくて大変でした」

珠は言いつつ故郷での日々を思い出す。

七つの頃にお役目を授かってから、珠は親元を離れ一人で生活していた。着るものも住むところも用意してくれたが、食べるものは穢《けが》れを寄せ付けてはいけないと、忌み火で炊いた飯を一人で食べていたのだ。

珠は特別な子供だからと。

そこで培った手仕事が女中奉公で役に立つのだから、世の中わからないものだと思う。

珠がしみじみとしていれば、瑠璃子と銀市が沈黙していた。どことなく空気も重い。

「どうかなさいましたか？」

「……君は、どうして上京してきたんだ」

銀市に訊《たず》ねられて、そういえばまだ話していなかったなと気がついた。

「ええとお恥ずかしながら家が没落しまして。食い扶持《ぶち》を減らすために家を出たんです」

「あんたもしかして親に捨てられたから働きに出たの!?」

瑠璃子に驚かれたが、珠にとってはさほど深刻な話でもない。

「あのまま家に居たとしても遊郭に売られるだけだろうなあと思ったので、先に奉公に出てみました。それに『見える』私は気味悪がられるので」

我ながらどうしてそんなことを考えたのかと思うが、過去最大の秀逸な決断だったと珠は自分を褒めたものだ。それは今でも変わらない。

同僚だった少女たちにも聞いてみたが、良くあることだと知れたのも収穫だった。さすがに、自分の出自が稀《まれ》な例だというのはわかっているが。

このような大きな街でも、人に非《あら》ざる者が見える人間に出会ったのは銀市がはじめてだったが、ここでは触れなくても良いだろう。

と、そこで、そういえば見える人間にはもう一人出会っていたのだと、半月ほど前に遭遇した妙な軍人を思い出す。もしや、誰も言わないだけで見える人というのはそれなりに居るのかも知れない。

ただ、銀市と瑠璃子がなんとも言えない表情でこちらを見ていることに気づいて、珠は面食らった。

「あの、どうかなさいましたか」

「なんでもないわよ！　それよりも人の客が来ないって話だったわよね」

「はい、そうでした」

瑠璃子が声を張り上げて無理矢理話を元に戻した。珠もどうしても聞きたい話でもなかったために頷《うなず》いた。

珠が銀古に世話になって半月が経つが、人間の客は数えるほどしか来ていなかった。

しかも来た、といってもだいたいは引き戸を開けて、店を見渡したとたん青ざめた顔になり、何かと理由をつけて去って行く。

ようやくやってきたと思った人も、だいたいは人のふりをした妖怪だった。

恐らく人間の客は、見えずとも店の隅にわだかまる魑魅魍魎《ちみもうりょう》の気配に怯《おび》えるのだろう。

銀市は人も来ると言っていたが、おそらく本当に仕事の紹介を頼んだ人間は珠だけではなかろうか。

瑠璃子は器用に五目豆をつまみながら、なんてことはないとばかりに言った。

「だって、銀市さんはここら辺の妖《あやかし》たちの顔役になってるんだもの。何か困ったことがあればここに来ちゃうのよ。そのせいでいつでも妖どもで大繁盛。けど人間はよっぽどのことがない限り気味が悪くて近づかないわ」

「もしかして、魚屋さんに心配されたのはそういうことでしょうか」

魚屋の行商が不憫《ふびん》そうにしていた理由がわかった珠だったが、同時に銀市は人間にもかかわらずそれほど妖に慕われているのかと感心した。

口入れ屋と言うのは信頼が大事だと聞く。妖からだけとはいえ、信頼され客が来るのは良いことのように思えた。

「旦那様には人望があるのですね」

「別に、あいつらが勝手に張り付いてくるだけだ」

珠が銀市の方を向いて言えば、銀市は気まずそうにそっぽを向いて、櫃《ひつ》から新たな飯をよそっている。

これは照れているのだろうか。と珠が少々意外に思っていると、瑠璃子が不服そうな様子で銀市に向かって身を乗り出していた。

「ほんとそうよ！　銀市さんってば頼まれたらだいたい引き受けちゃうんだから。あいつらをつけあがらせないようにしてよ？　特に報酬がもらえないような仕事は受けないでちょうだい！」

「お前には報酬をきちんと渡しているだろうが」

「銀市さんが貧乏になったら意味ないのよ！　最近は面倒そうな噂も多いんだしさあ」

銀市は「大げさな」とでも言いたげな表情になったが、瑠璃子はむっすりとしている。

これはいけない、と思った珠は口を挟んだ。

「瑠璃子さん、面倒そうな噂って何でしょう？」

「まあ、だいたい与太の怪談話だけどね。お蚕様の祟《たた》りで養蚕業者が不幸に見舞われてるとか、没落した公家《くげ》の姫様が夜な夜な徘徊《はいかい》するとか。いま女中の行方不明が多いのは神隠しにあってるからっていうのもあるわね」

最後の女中失踪《しっそう》事件については珠も知っていた。道の壁に珠と同年代の娘達を捜す張り紙がされていたり、口入れ屋で聞き込む姿を見たりすることも多かったためだ。

女中はそれなりにつらいお勤めなため、逃げ出してしまう娘も多い。だが、それにしても最近は数が多いために、神隠しと言う言葉が出てきたのだろう。

珠は逃げ出すまえに追い出されてしまうため、恐らく一生縁が無いだろうが。

「銀市さんは公平だから、妖怪《ようかい》の言い分も聞いてくれるし、頼るのも当然よ？　でも人間は信じもしないくせに困ったときだけすがってくるから、虫がいい話は断って欲しいの。人間がここをなんて呼んでいるか知ってるの？　怪異ご……」

「瑠璃子、珠に余計なことを吹き込むんじゃない」

瑠璃子がさらに言いつのろうとしたのに、眉間《みけん》に皺《しわ》を寄せた銀市が苦言を呈した。

「え－本当のことじゃない！　ここ妖専門にすればいいのに、人間の悩み相談まで引き受けているのはやり過ぎでしょ？　ただでさえ従業員少ないのに」

「その少ない従業員でやるために、お前にはいろいろ任せているはずなんだが？」

「もう、猫の手使いの荒いこと。お昼ご飯食べたら行きますぅ。あ－鯖《さば》が美味《おい》しい！」

うきうきと鯖の味噌煮を平らげる瑠璃子に、銀市は額に手を当ててため息を吐いていた。

食べ終えた珠は、この二人の関係も不思議だなと思いつつ、食後のお茶を淹れはじめたのだった。


相談客が銀市の案内で、ぬぼうと伸び上がって帳場に戻ってきた。

僧侶《そうりょ》のような衣服を纏《まと》った半透明のその妖は、つるりとした頭をなでながら大きな頭を重そうに下げる。

『ヌシ様よ、ありがとうよ』

「見越し入道、事故だけは起こすなよ」

『わかっておる、そなた様に迷惑はかけやせん。なにかあったら呼んでおくれ』

「覚えておく」

「お気をつけてお帰りくださいませ」

珠が声をかければ、見越し入道は呵々《かか》大笑すると入り口へと消えていった。

珠は銀市にそっと訊ねた。

「あの、本当に、人のお客様はいらっしゃいませんね……？」

紫煙をくゆらせて、一息ついていた銀市の眉間にしわが寄る。

はじめの頃こそ眉間にしわが寄るのを怒っているのかと思っていた珠だったが、今回の眉間のしわの寄り具合は困っている、あるいは決まりが悪いだけだとわかった。

珠はできる女中なのである。

「……人間でも仕事を紹介するのは本当だぞ。だが人間にこの店が曲解されて伝わってるもんでな」

「もしかして、瑠璃子さんが言いかけていらっしゃったことですか」

どこかふてくされた様子の銀市がふいと視線をそらしたことで、珠はその通りだと知ったが。いったい何なのだろう。

「まあ、いずれわかることだからな。ここは……」

煙管《キセル》の灰を落とした銀市は、言葉を止めて店先を見る。

魍魎たちのざわめきも、なりを潜めた。

間髪を容《い》れず、入り口の引き戸が音を立てて開けられる。

「そのう、もうし。ここが口入れ屋銀古でよろしいですかね」

不安げなしゃがれ声でうかがうように入ってきたのは、五十がらみの男だった。

白いものが交じる髪は角刈りにし、暗色の長着に綿入りの羽織を寒そうにかき合わせている。まだまだ現役といった雰囲気だ。しかも、男は部屋の暗がりに潜む魍魎にも、天井からつり下《さが》がる天井下りにも焦点を合わせない。ただ気味悪そうに店内を見回している。

つまり、珠にはどこからどう見てもその男が人間にしか見えなかった。

「人の、おきゃ……はむっ!?」

感動のあまり思わず声を上げかけた珠は、銀市に口をふさがれた。

「いかにも。俺が店主の古瀬《ふるせ》だ」

「ず、ずいぶん若いな」

銀市の突然の暴挙に珠はかあと赤くなるが、失言だったことを思い出し羞恥《しゅうち》の赤みに変わる。落ち着いた珠が腕に触れれば、銀市はすぐに放してくれた。

「……そのお嬢さんは大丈夫かい」

「もうしわけありません。いらっしゃいませ。私はこちらの従業員でございます」

心底ほっとした様子の男に困惑ぎみに問われて、銀市の腕から解放された珠は何事もなかったように応じた。

頬に赤みが残るのはしかたがない。こんな風に男性とふれあうのは滅多にないことなのだから。まだどきどきと早鐘を打つ心臓を珠がなだめて居る間に、壮年の男はまさにおそるおそるといった様子で入ってくる。

そういえば、男は銀市が若いと知って若干引いていたが、帰るそぶりは全く見せない。いったいどれほど仕事に困っているのだろうと珠は考えていたのだが、銀市の顔が険しいことに気がついた。これは、少し苦手なおかずを見つけたときと同じ顔だ。

「仕事の相談かね」

「いや、あっしには銭湯があるんで当分仕事はいらねえんですがね」

「銭湯」

そう、男の言葉を繰り返した銀市の声音は、どことなくさみしげだ。

しかし男はそれどころではない様子で、自分の言葉があやしいと言わんばかりの頼りなさで続けた。

「その……ここで怪異ごとを解決していただけると聞いたんですが」

男の発言に、珠は銀市が先ほど言いかけた言葉を悟ったのだった。

＊

『おやあ、知らなかったんかい居候ちゃん』

「その、薄々はそうなのではと思ってはいたのですが、確認するほどではないかと」

『ずいぶんのんきだねえ。まあさ、ヌシ様があんたみたいな子を迎え入れたのにも驚いたもんだけど』

勝手口の靴脱ぎ石に腰掛ける狂骨《きょうこつ》のあきれた顔に曖昧《あいまい》な笑みを返した珠は、茶を盆にのせて座敷へゆく。

「珠です。お茶をお持ちいたしました」

「ああ、入ってくれ」

珠がそっと襖《ふすま》を開ければ、室内では銀市と、銭湯屋の主人が向かい合っていた。

所在なげにしていた銭湯屋の主人は、珠を見るなり少しほっとした顔をする。確かに、そこかしこから人に非《あら》ざる者の気配がしていれば落ち着かないだろう。

少しだけ同情しつつも、銭湯屋の主人にお茶を勧めた珠は下がろうとしたのだが、銀市に止められた。

「君も控えていてくれ。主人も、良いか」

「は、はい。お嬢さんには気味悪い話だろうとは思いますがね」

「では……」

銀市は元々そのつもりだったようで、部屋の隅に座布団が用意されていた。

珠は少々驚いたが、座布団を移動させて銀市の斜め後ろに控える。

銭湯屋の主人が茶を喫して一息ついたころを見計らって、銀市が声をかけた。

「では、概要の説明をしてくれるか」

「古瀬さんには話したとおり、あっしは、山の手の方で『松ノ湯』ちゅう銭湯屋を営んでいる松本《まつもと》というもんです。相談事、というのがその……雇った覚えのねえ三助《さんすけ》が居ることでして」

「雇った覚えのない、とは」

銀市が訊《たず》ねれば、銭湯屋の主人、松本は堰《せき》を切ったように話し始めた。

「いえねこのご時世、新しく建てられる家には内風呂《うちぶろ》があるせいか、近所で妙な噂が流れているせいか客足がちょいと遠のいてしまいましてね。それでもかかあと二人で切り盛りしてたんだが、そんなわけで三助も雇えねえ有様だったんですわ。——なのに、客から聞かれるんですよ『風呂に三助がいたが雇ったのかね』ってね」

三助というのは、銭湯で金子と引き替えに背中を流す職業だ。人によっては按摩《あんま》やあかすりまで行うことで手間賃をもらう。たいていは銭湯の主人に雇われているものだが。

あらましはこういうことらしい。

客が言うには、風呂でくつろいでいると、背後から声をかけられるという。

「お背中を流しましょうか」と。

振り返っても誰も居ない。しかし、試しに頼んでみればきちんと背中を流してくれる。

だが、何度確認しようとしても、姿が見えることはない。

男湯女湯問わず出没するため、気味が悪いと噂が立ち、「松ノ湯」からますます客足が遠のいてしまっているのだという。

「悪さはしないですし、けが人も出ていないのが不幸中の幸いなんですがね。気味悪がって客足も遠のくし、泣きっ面に蜂ってやつでして。こんなこと、ご時世じゃ迷信、気のせいで片付けられちまうでしょう。どうしたものかと考えていた時に、ここの噂を聞いたんですよ。『怪異ごとは何でも解決してくれる』って」

「……まず言っておくが、ここは口入れ屋であって相談所じゃないぞ。たまたまそういったことに縁があると言うだけだ」

「そこをなんとかしてくれやせんかねえ。少ないがお礼は包みますんで。だんれも信じちゃくれねえんですわ。せめて本当に居るのかだけでも、わからないものですかね」

松本もほとほと困っているのだろう。

すがるように身を乗り出してくる松本に、銀市は袖《そで》に手を入れ腕を組む。

そのやりとりを見た珠は、断るのだろうかと思った。

これは完全に口入れ屋の仕事の業務外だ。追い返してもおかしくない。

だが珠は銭湯の主人を少し気の毒に思った。珠も見えることを信じてもらえない苦労と心情はわかる。はじめて見えないものに悩まされているのなら、かなりの心労になっているだろうというのは察せられた。

だが、女中の立場から意見することではない。珠がおとなしく座ったまま沈黙していると、ぎゅっと眉間にしわを寄せて黙っていた銀市が松本に訊《き》いた。

「主人の銭湯は山の手にあるのだったな。華族や実業家の屋敷も多い」

「へ、へえ。ただ、屋敷からうちに通ってくる女中や使用人はいても、庶民の湯ですぜ？」

「ふむ……」

また少し、うつむいて考えていた銀市は顔を上げた。

「解決は約束できない。それでも良いなら正体を探ろう」

ぱちぱちと、松本が目を瞬《しばたた》く。珠も似たような気持ちで銀市の背中を見つめた。

だが嘘でも冗談でもなく、本気で受ける気らしい。

「い、いんですかい」

「主人、朝方だったら銭湯は空《す》いているかね。なるべくならば人がいない時間帯が良い」

「い、いや朝風呂の客も少なからずいるもんで、案外客が多いんですわ。いったん閉める前の十一時ぐらいだったら」

「まあ、ちょうど良いか。では明日伺おう。まずは見てみないことにははじまらん」

「あ、ありがとうございやす！」

銀市の返答に一気に安堵《あんど》した様子の松本は、何度も頭を下げながら帰ったのだった。

茶を片付け終えた珠が帳場へ行くと、銀市が難しい顔で松本の残していった住所と地図を見比べていた。しかしすぐに珠に気づき顔を上げる。

「珠、明日は一日休みにする。朝から出かけるぞ」

「はい、朝ご飯は少し早めにいたしますか」

珠の常識では働きに出かける人に、なにも食べさせないというのは考えられない。出かける主人の時間に合わせて食事を作るのも、女中の大事な技能なのである。

おいしいものを作らねばと密《ひそ》かに気合いを入れていれば、銀市がはたと気がついたように珠を見た。

「ああ、すまん。こう言うのが先だったな。君も同行してくれないか」

「え、お仕事にですか」

「銭湯に出る見えない三助は、男湯女湯両方に出るらしい。俺だけでは確かめ切れないからな。確実に見つけるために手伝ってもらえるとありがたい」

淡々と言う銀市に面食らっていた珠だったが、言葉の意味が頭にしみこむにつれて、心がふわと浮き上がるのを感じた。

銀市から明確に与えられた仕事である。うきうきとしてしまうのは当然だった。

目を輝かせた珠は、弾んだ声音で返事をした。

「かしこまりましたっ。私でよろしければ、精一杯お供いたします！」

「いや、それほど気合いを入れなくても良いのだが……」

「こうしてはいられません。明日のお食事の相談を家鳴りたちとしたいのですが、良いでしょうか」

のだった。

「あ、ああ」

少々困惑した様子の銀市の様子も日に入らず、珠は足取りも軽く台所へと戻っていった

＊

翌朝、珠は銀市の共で松ノ湯までの道に同行した。のだが。

珠は若干血の気の引いた顔で、路地にしゃがみ込んでいた。

外出ということで瑠璃子に貰《もら》った菊文様の長着に羽織と、肩掛けまで重ねていたため寒さは感じない、別の理由だ。

珠の後ろには、今まで銀市と珠が乗ってきた人力車がいる。

しかし引き手となる者は誰もおらず、日よけのひさしの後ろには大きな人の顔が張り付いていた。銀市は特に驚いた様子もなくその顔に話しかけていた。

「助かった、帰りもまた呼ぶ」

『わかりましたぜ、ヌシ様。じゃあここら辺を流してまさあ』

すると、今まで誰も居なかったはずの引き手部分に菅笠《すげがさ》を深くかぶった人形《ひとがた》が現れ、ガラガラと去って行った。

朧車《おぼろぐるま》を見送った銀市は、路地の壁にもたれる珠を振り返った。

「大丈夫か」

「は、はいなんとか。もうしわけありません」

まだぐらぐらと地面が揺れているような心地だが、動けないほどではない。

顔を上げた珠に、紺色の落ち着いた柄の着物にいつもの灰色のマントを合わせた銀市は申し訳なさそうな色を浮かべた。

「すまなかったな、移動手段のことを相談せず。朧車は速いには速いんだが今日は少々はしゃいでいたようだ」

「私のことなど気になさらないでください。お約束していた時間が過ぎてしまいますので参りましょう！」

松本の経営する松ノ湯は、口入れ屋銀古からずいぶん離れた場所にあった。

路面電車が発達したとはいえ、銀古もそれほど立地が良いとは言えない。朧車を使ったからこそ、午前中のほどよい時間に訪れられるのだ。

銭湯屋の主人である松本は噂だけで銀古まで来たのだから、よほど切羽詰まっていたのだろうと想像がついた。

張り切った珠が自分の風呂敷《ふろしき》包みを抱え直すと、銀市はそれ以上はなにも言わずに歩き出した。

松ノ湯周辺は、昔ながらの住宅街だった。あまり区画整理がされておらず、押し固められた土道は風が吹くたびに土埃《つちぼこり》が舞う。しかし木造の家屋のなかにも、詰襟の制服を着た郵便局員が行きかい、ガス灯がぽつりぽつりと並んでいた。

近隣の住民に場所を聞くと、松ノ湯について知っておりきちんと教えてくれたが、申し訳なさそうな、しかし薄気味悪そうな顔で口々に語った。

「この界隈《かいわい》で妙な時間に大きな鳥の羽音が響いたり、獣くさかったりすることがあってねえ。薄気味悪いと思っているときにその噂だろう」

「松ノ湯さんにはガキの頃から世話になってるけどね。化け物が住み着いている屋敷があるって噂もあるしさ。そうするともしかしたらって思っちまうんだよ」

そして、くだんの松ノ湯は木造家屋の中にあった。

唐破風の屋根に出入り口にはのれんが掛かり、見上げれば立派な煙突がそびえている。

「旦那《だんな》様、このあたりにお住まいの方は、本当に松ノ湯さんを敬遠されていますね」

道を聞いた住民たちのおびえた反応を思い出して珠が困惑していると、銀市は少々思案する風だ。

「だが、あれは少々……いやその前に入るぞ。寒い」

銀市がマントをかき合わせてのれんをくぐるのを、珠は慌てて追いかけながらも密《ひそ》かに面食らっていた。

珠にとって今日の気温は肩掛けはいらないか、と思うほどだ。薄々感じていたが、銀市は寒がりの部類にはいるのかもしれない。

下足箱からすぐにある番台には、主人の松本がいた。

「いらっしゃい、よく来てくださった……」

「主人、俺たちは客だ。大人二人頼む」

一瞬安堵の表情を浮かべた松本は、あらかじめ打ち合わせていたことを思い出したらしく、銀市の大人二人分の入湯料をもらうと通してくれた。

「すまないが頼むぞ。見るだけでかまわない」

「お任せください」

銀市に自信を持って応《こた》えた珠は、女湯の方へと向かった。

銀市の屋敷には内風呂があるがそれは珍しい。今の時代は近くの銭湯を利用するのが普通だった。珠もほかの家に勤めていた時は利用していたため、初めての銭湯でもだいたいの要領はわかる。

女湯の脱衣所のかごへ脱いだ着物をおいた珠は簡素なかんざしで髪をまとめ上げる。

そうして洗い用のぬか袋と手ぬぐいだけもって、浴場へ続く引き戸を開けた。

すうと、脱衣所の冷たい空気に湯気の熱気が混ざり、視界が真っ白に染まる。

「わぁ……！」

湯煙が晴れると、珠は感嘆の声を上げた。

広々とした浴場は、一面タイル張りでモダンに彩られていた。

高い位置に硝子《ガラス》の窓を入れているらしく、驚くほど明るい空間には、様々な色のタイルが優美な文様を描くように敷き詰められている。浴場もまた石のタイルで飾られ、湯船の底は六角形の模様が花のように並んでいた。

さらに目を引くのは壁一面に大きく描かれた富士山《ふじさん》と松だ。大胆に描かれたそれは、湯船に入れば富士山を眺めて楽しむことができる、という寸法だろう。

腰をかがめて入る柘榴《ざくろ》口はずいぶん前に廃れていたが、木製の浴場が未《いま》だに多い中で、このような斬新な銭湯ははじめてだった。

珠は仕事だと言うことを忘れて心を躍らせたが、このような新しく清潔な浴場であるにもかかわらず、客は一人も居なかった。朝湯には少し遅い時間だとはいえ、一人二人は時間を外して来る客がいてもおかしくないにもかかわらず、である。

やはり噂が響いているのだろうかと考えつつ、珠は備え付けの桶《おけ》を一つ借りると、かけ湯用の湯船からお湯をもらった。

はやく湯船に浸《つ》かってみたかったが、湯を汚さないために先に体を洗うのが暗黙の了解だ。さっと湯を体に流し、次いで洗うための湯をもらう。

そうして洗い場に戻って椅子に座り、ぬか袋を湯に浸したとき。

珠は背後にふ、と気配を感じた。

『お客さん』

すうと、忍び寄るような声音だった。

珠の他に客がいなかったのは、つい先ほど確認したばかりだ。暑い浴室の中にもかかわらず、ひんやりと冷えた心地がする。

『お背中をお流ししましょうか……』

声は広々とした空間に、不気味に反響する。

本当に出るのかと少々感心しながら、珠はくるりと振り返る。

それは小柄な人形《ひとがた》をしていた。だが普通の人間よりも大ぶりな目鼻立ちに、肌は日に照らされた沼のような青緑色だ。ざんばらに伸ばされた髪は明るい朱色をしていた。

背中を流すためだろう、手ぬぐいとあかすりを持った手指は三本しかなく、何より特徴的なのは、口からはみ出すほど大きくて長い舌だった。

何かに似ていると思ったら、かえるに似ているのだ、と珠は気がついた。

ただ、その大ぶりな目鼻立ちの中にある柔らかみからして女性かと思いつつ、珠はその妖怪《ようかい》に向けて小首をかしげて見せた。

「あの、あなたが見えない従業員さんですか」

珠が声をかければ、その妖怪の黒々とした目がまん丸に見開かれる。

ぽかん、と開けられた大きな口から舌が現れ。

『み、見えてる――!?』

妖怪の驚愕《きょうがく》の叫びが浴室内に反響した。

わんわんと反響するその声に珠が思わず耳をふさげば、壁の向こうでがらんと桶が転がる音がする。この大きな壁の向こうが男湯か、と珠が今更気づいている間に、壁向こうからべちゃべちゃと水を踏む足音と共に声が響いてきた。

『どうしたかかあっ！』

が、と壁の上に青緑色の手がかかったと同時、珠の耳の横を何かがかすめていく。

『何があったああああああへぶ!?』

壁の向こうから見えたと思った朱色の頭に、飛んでいった桶が見事に当たった。

投げたのはもちろん、珠の背中を流そうとしていた妖怪だ。

『あんたっ、こっちは女湯だ！　来るんじゃないよ！』

その素晴らしい投擲《とうてき》をした妖怪が仁王立ちしているのを珠がぽかんと見ていると、壁の向こうから声が聞こえた。

「珠、そちらは大丈夫か」

これはわかる。銀市の声だ。

「は、はい大丈夫です旦那《だんな》様。あの、見えない従業員さんはいらっしゃいました」

「……わかった。二人とも、湯からあがったら外で話を聞く。珠も、せっかくの風呂《ふろ》だ、十分湯船に浸かってから出てきてくれ――あかなめ、逃げるなよ」

『ひっ⁉　へ、へい。ヌシ様』

最後の一言は、向こう側にいる「あかなめ」という妖怪に対しての言葉だとわかった。

「わかりました！」

温まってこいという指示なので、せっかくだから体を洗おうとした珠は、となりで立ち尽くしていた朱髪の妖怪に恐る恐ると言った体で問われた。

『ねえ、あんた。向こうにいるのは……？』

「はい。口入れ屋銀古の主人で、私の雇い主の旦那様です」

『銀古の主人って、あああああの⁉』

おそろしく驚いた顔でうろたえる朱髪の妖怪に、珠はきょとんとした。

あの、とはどのことを指しているのだろう。

『これはもう、おいだされっちまうのかねえ……』

しかしそのまま妖怪が呆然《ぼうぜん》と立ち尽くしてしまい聞けそうにないため、珠はおとなしくぬか袋で体を洗い始める。

向こうからはまださわさわと話す声が聞こえる。

ふと壁を見上げた珠は、この向こうに銀市がいるのかと不思議な気分になったのだった。

とはいえ銀市を待たせる事は出来ないと、珠は湯に浸かるのもそこそこに風呂を出る。珠が濡《ぬ》れた髪を拭《ふ》いていると、銀市は少し後にシャツを着込んだ長着姿で現れた。湯上がりできっちり着ているのは少々苦しいので、珠はほんの少しだけ帯を緩めている位なのだが、銀市はシャツのボタンもしっかり留め全く気にしていないようだ。

結果を聞きたがる松本に、銀市はどこか個室を使えないかと願い、主人の退席した休憩所で妖《あやかし》二人と向き合うことになった。

「珠、この二人はあかなめという。風呂場に住みつく妖怪だ。この夫婦には俺がこの銭湯を住《す》み処《か》として紹介した」

『へえ、その節はどうも……』

向かって右のあかなめが頭をかきながら背中を丸める。男性の声だから男のあかなめだろう。紹介したということは、銀市はここに妖怪が居ることを知っていたことになる。

「もしや、旦那様がご依頼を受けられたのは、あかなめ様がいらっしゃることをご存じだったからでしょうか」

「まあ、概《おおむ》ねそのとおりだ」

珠が訊《たず》ねると、銀市は少し複雑そうながらも肯定した。銀市の苦々しいとも取れる表情にあかなめ達は縮こまっている。世話になった口入れ屋の主人が来れば、そのおびえは当然だろう。

一つ、理由がわかった珠は、あらためてあかなめ達に視線をやる。

簡素な長着をまとった青緑の肌に朱《あか》い髪のあかなめたちは、珠には区別がつかないほど似ていた。これではうまく見分けることができないかもしれない。

「あの、あかなめ様方は、なんとお呼びしたら良いのでしょう」

名前の区別だけでもつけなければと思っての発言だったが、あかなめたちはきょとんとすると、向かって左側の女あかなめがからからと笑った。

『そんなたいそうなものあたしたちにはありませんよう。あたしらあかなめ、名で確立されるような力はない妖ですから』

「名で、確立される……？」

「妖怪は元来曖昧《あいまい》で不確かなものだ。そんな力の凝《こご》りから妖に至るには何らかの形を得る必要があってな、それが名なのだよ」

うまく飲み込めず首をかしげる珠に、銀市は補足するように続けた。

「つまり妖にとって名前は特に重い意味を持つ。妖が体を得るきっかけの多くは人間に観測されることだ。人によって『こういう存在』と定義され固定化され、名づけられると同時に形と権能を得る。それは固有名詞を持てばさらに強まるが、弱い妖は名付けられれば名に負けることがあるほど重いものなのだよ」

『あっしらの間では区別がつきやすしね。あっしらではつけられても名前負けして消えちまいます』

『まあ、人に名付けてもらう代わりに力を得ることを選ぶ妖怪もいるけどねえ。術者に心の臓をにぎられっちまうようなもんだから嫌なもんだよ』

「消える」という言葉の強さに驚いたが、あかなめ達はあっさりしたものだ。色々わからないながらも頭の中で整理した珠は、銀市に問いかける。

「ええとつまり。瑠璃子さんは強い、ですか？」

「瑠璃子のそれは人の前で使う通称だが、そういう認識で良い」

『あっしらのことは適当にしてくだせえ。旦那……はいるから、やりにくいようでしたらこっちはかかあとでも』

『こっちは唐変木とでも呼んでくださいな』

『かかあ……』

情けない声を出す男あかなめに、珠は思わずくすりとしたあと少し考えて言った。

「では、ご主人さんと、奥さんとお呼びしてもよろしいでしょうか」

『お、おう……』

『それは……なんか、小っ恥ずかしいけど……』

すこし戸惑いがちのあかなめ夫とあかなめ妻だったが、異論はない様子だ。

一段落したところで、銀市が声を上げた。

「で、あかなめたち理由を話してもらおうか。君たち夫婦にあの銭湯を紹介したが、それは君たちが暮らしていける家としてだ。銭湯の主人に存在を知られないことを約束していたはず」

『そ、そいつぁ、へぶ！』

銀市に詰問されたあかなめ夫はびくついたが、それでもなにか言いかける。しかし瞬間、その頭が板の間にめり込んだ。

あかなめ妻が夫の頭をたたきつけて、同時に深々と頭を下げていたのだ。

『申し訳ございませんでした！　すべてはあたしらが悪いんです！』

『いやぁでもかかあ、こんな良い銭湯なのに潰《つぶ》れっちまうのはしのび……ほぶっ』

顔を上げて言いかけたあかなめ夫だったが、あかなめ妻に再び床へたたき付けられる。

『ここは言い訳しちゃいけないんだよ！　すべてはヌシ様の胸一つで決まるんだからっ。あたしらはここを追い出されたくないだろうっ』

『でもようかかあ！』

あかなめ達が言い合う勢いに珠がぽかんとする。確かに銀市は仲介したのだろうが、雇用主に解雇されるまでは居られて、口入れ屋に強制力は無いはず。

珠が困惑していると、言い合うあかなめ夫妻の間に銀市が割って入った。

「いや、事情を説明してもらわなければわからん。なぜあんなまねをした」

『あっしらは、ただこの銭湯のお客さんに喜んでもらいたかったんです！』

あかなめ夫は勢い込んで言った。

『この界隈《かいわい》で、今嫌な噂が流れてしまいやしてね。客が遠のいたって松本さんが悩んでらっしゃって。あっしらも浴槽の掃除やらなにやらでお手伝いしてやしたが、それじゃおっつかねえ。そんでもあっしらにできることがねえかと考えまして』

『このヒトが、三助のまねごとをしたいって言い出したんですよ』

ため息をつくあかなめ妻とは対照的に、あかなめ夫は血気盛んに続けた。

『喜んでもらえれば、お客さんは逃げていかないでしょう！　だってこんな広くてきれいで良い銭湯なんですから！』

『こう言い張って聞かなくてねえ。あたしも役に立ちたかったもんだから賛同したんだけども……』

力説するあかなめ夫にあかなめ妻はなんとも言えない顔をする。

たぶん、珠も似たような表情になっているだろうな、と感じつつ少し疑問に思う。

しかし頭を抱えるようにして険しい顔をする銀市が話し始めたので、珠は疑問を脇に置いた。

「今回の行動はすべて銭湯の手伝いの一環だったと言うのは理解した。が、それは完全に逆効果だ」

『えええええ!?』

『ああやっぱり。常連のお客さんも来なくなったな、とは思っていたんですわ……』

本気で驚くあかなめ夫に対して、あかなめ妻は納得したように肩を落とした。

全貌《ぜんぼう》を把握した銀市は困惑をにじませつつも、厳しい声音で言った。

「それでは人間を怖がらせるだけだぞ。ここの主人は困り果ててうちに相談に来たんだ」

『銭湯で三助は重宝されるものではないんですかい!?』

驚愕するあかなめ夫に、銀市はなぜか珠を向いた。

「珠、見えぬものに突然風呂場で声をかけられたらどう思う。さらに触られたらどうだ」

「ええと私は見えてしまうのですが……」

「たとえばで良い」

銀市に念押しされて困りつつも、珠は想像する。

たとえば、あかなめ妻に突然声をかけられて姿が見えなかったら。そして一方的に触られたら。不意に村のことを思い出してそわと心が騒いだが、珠はそっと押し込めて銀市とあかなめ達を見た。

「おそらくとても怖いですし、気味悪いなあと思うかと」

『そんなあ。せっかくがんばってやしたのに……松本さんのお役に立ててないどころか邪魔をしていたなんて』

『人間のことを考えるのは難しいねえ……』

悄然《しょうぜん》とするあかなめ夫の背中を、なだめるようにあかなめ妻がさする。

その姿を珠は不思議な気分で見つめた。

「何か言いたいことがあるか」

見透かされたように銀市に声をかけられて、珠はびくっと肩を震わせた。

「いえ……」

言葉を濁そうとした珠だったが、銀市の無言の圧力に負けてあかなめたちに問いかけた。

「あの、どうして、あかなめさんたちはそこまで銭湯屋のご主人のことを気にかけるんですか。その、松本さんは知らないのに」

銭湯屋の主人はこのあかなめ達のことを一切認識していない。今回のことだって、困り果てたからこそ相談に来たのだ。

銭湯の主人は彼らのことを知らないのに、どうしてそこまで気にするのだろうか。

珠にはそれが不思議で仕方がなかった。

「妖で、こっそり住まわれているのでしたら、そのままこっそり住まわれていたら良かったのではないですか」

『あんた……顔に似合わずずいぶんすぱっと言うね』

「あっ、申し訳ありません」

あかなめ妻にそう言われて珠はさっと青ざめたが、二人の妖怪達《ようかい》は怒っていないようだ。むしろ、あかなめ夫はすこし気恥ずかしげな様子で答えた。

『あっしらは、風呂場に住んで風呂場に溜った垢《あか》をなめる妖もんです。正直人様には嫌われるたぐいの存在だ。――けど、この銭湯に住み着いてからは感謝されるんですよ』

照れくさそうに言うあかなめ夫に、あかなめ妻もはにかみながら応じた。

『確かに、今日はいつもよりきれいになってるなあとか言われると嬉《うれ》しかったりねえ。松本さんは桶《おけ》をきれいにならべとくと不思議そうにしながら「なにかええもんでもついてんのかねえ。ありがてえありがてえ」って言ってるんだよ』

『ただのあかなめのあっしらを神様みてえになあ。そしたら役に立ちたいと思うじゃねえか』

しみじみと言ったあかなめ達の表情は、とても柔らかく優しいものに思えた。

相づちをうとうとした珠だったが、なんとなくうまく出来なくて黙りこくる。

今まで珠は妖怪に一方的に干渉されるばかりで、干渉してくる妖怪のことを考えたことはなかった。珠を面白がって居る者が大半だっただろう。ただ、こんな風に見えない相手でも恩を感じて、なんとか役に立とうと考える妖怪も居るのかと驚いた。

あの寒々しい村の社で感じた温かな手の感触がふと蘇《よみがえ》った。見えるはずの珠でも朧気《おぼろげ》だったあの気配。あのとき撫《な》でてくれた手をどうして今思い出すのだろう。

銀市が案じるように見つめていたが、珠はうつむいていたために気づかなかった。

しかし、あかなめ妻が不安そうに銀市へ問いかけたことで沈黙は途切れる。

『それでヌシ様、あたしらはここから出て行かなきゃいけないでしょうか。いや、人間に迷惑をかけるなって約束を破ったのはこっちですから、当然なんですけど』

「いや。何が悪いのか理解したのならとどまって居てかまわん。まあ、少々気味の悪いことだったろうが人間に害をなした訳ではないからな。だが、次はないことを覚えておけ」

『助かりますっ』

『だけどよう、どうにかお客さんが戻ってきてくれねえものですかね。こんなに良い銭湯なのに』

あかなめ夫が沈んだ声でいうのに、あかなめ妻の顔にも隠しきれない落胆が浮かぶ。

この夫婦は本当にこの銭湯に恩義を感じているのだな、と珠は理解してそわそわと落ち着かない気持ちになった。

的外れではあったけれど、あかなめ達の役に立ちたいと願う気持ちは本当だ。

本当にこのままで良いのだろうか。

「あの、旦那様、どうにかなりませんでしょうか」

あかなめ達と銀市が、一様に目を丸くして見つめた。

　珠は自分がなにを言ったかに気づき、慌てて頭を下げた。

「出過ぎたことを申しました。忘れてくださ、ひゃっ」

『お嬢さんありがとう、ありがとう……人の子なのにあたしらを気にかけてくだすって』

　身を乗り出してきたあかなめ妻に手を取られて礼を言われる。

「いえ、あの」

　感極まったように涙ぐむあかなめ妻に、うろたえた珠は助けを求めて視線をさまよわせた。しかし銀市はうつむき顎《あご》に手を当てて考える風で、助けてくれる気配はない。

　そのまま、銀市は休憩所の外が騒がしいことに気づくと顔を上げた。

「客が来たようだな。ひとまず辞去しよう。あかなめ、主人には俺から話しておく」

『へえ、ご迷惑をかけました』

　あかなめ達が深々と頭を下げたとたん、休憩所の戸が開けられて、銭湯屋の主人である松本が申し訳なさそうな顔で現れた。

「すいません。お客さんが来ちまったもので」

「ひとまず、全貌はわかった。もう悪さはせんだろう」

「終わっちまったんですかい？」

「ああ、見えない三助騒ぎは起きん」

「そう、ですかい」

ほっと気が抜けた様子の松本は空っぽに見える座布団に、少し寂しそうな顔をした。

銀市は眉根《まゆね》を寄せて問いかける。

「なにか」

「その、いざ現れないと聞かされると寂しいもんだなと。いや、自分勝手だと思うんですがね。それに客足が遠のいたまんまなのは変わりませんしな」

ぽりぽりと頬をかく松本は本心から言っているように思えて、珠は驚いて目を丸くする。

松本が見る座布団に座っているあかなめらは、松本と視線が合わないことを寂しそうにしながらもじっと見上げていた。

その様子を見ていた銀市の、眉間《みけん》のしわが深くなる。

だが待合室から客らしき声が響いてきていた。

「ここに妖怪が出るって本当なのか。ずいぶんきれいな銭湯なのによう」

「本当だって、俺は出会ったってやつに話を聞いたんだって。特にこの界隈には怪談が多いし信憑性《しんぴょうせい》があるだろう？」

「そいつあ楽しみだ。でなくてもひとっ風呂《ぷろ》は良いもんだしな」

騒々しく歩いて行く客二人の会話が自然と耳に入ってくる。ずいぶん噂が広まって居るのだなと珠が思っていると、銀市がはっとした表情を浮かべた。

「そうか、これなら良いか」

「どうかしましたかい」

いぶかしそうにする松本へ向き直った銀市は、念押しするように訊《たず》ねた。

「主人、客足が戻るのなら、これからも怪異騒ぎが残ってもかまわないか」

「へ？　そりゃあ、客足のほうがだいじだが」

「成功するかはわからんが、提案がある。見えない三助を『売り』にしてみるのはいかがだろう」

銀市を除くその場にいる全員が絶句した。

「『本気ですかい!?』」

奇《く》しくも、松本とあかなめ夫の言葉が重なったが、銀市は大まじめに言っているようにしか見えなかった。

「先ほどの客は怪異騒ぎを聞きつけてやってきたようだ。ならばそれを逆手にとって……そうだな、見つけられた客には金一封を出すとでも喧伝《けんでん》すれば良い。面白がる客は居るだろう。文明開化のご時世でも、人というものは神秘や怪異に引きつけられるからな」

「はあ、そういえばご新規のお客さんは、みんなここに見えない三助が居るか、と聞いてきていたような。だけどもその、怪しいもんはもう出てこないようにしちまったんじゃ」

「それらには話はつけておく。客にはもちろん、主人にも絶対に危害は加えない約定をさせよう。主人はただ『居る』ことを黙認してくれていれば良い」

「はあ……」

戸惑う松本は気づかなかったようだが、珠は、銀市がいいなとばかりにあかなめ達へと視線をやっているのが見えていた。

あかなめ達は、首が折れんばかりにこくこくとうなずいている。

悩み込んでいた松本だったが、おずおずと問いかけてきた。

「どうせこのままじゃ先細りするだけの銭湯屋だ。古瀬さんの提案を試してみたいとは思うんですが。そんな風に利用するまねをして、そいつが離れていったりしやせんかね」

「だいじょうぶです」

珠が出し抜けに声を上げれば、松本は不思議そうな顔で珠を見る。

主人達の会話に割って入ってしまった珠だが、それでも続けた。

もどかしい。見えない、聞こえない、わからない彼に、不安げにはらはらと松本を見つめるあかなめの気持ちを伝えたくなった。

「きっと、あの方たちなら大丈夫です」

「なにがなんだかわからないが……お嬢さんまでそう言うんならやってみようかね」

釈然としないながらも承諾した松本に、あかなめ夫妻の表情が明るくなる。それを珠はほっとした気持ちで見つめたのだった。

＊

銭湯での一連の相談が終わって数日後、夕食には尾頭付きの鯛《たい》が並んでいた。

七輪でこんがり焼かれた鯛がちゃぶ台を占領するのは、なかなか迫力がある。

松ノ湯の松本から届けられたものだった。

器用に身をほぐしていた瑠璃子は、鯛がやってきた経緯を聞いてあきれた顔をした。

「また銀市さんってばそんなお節介焼いてたの？　あたくしは魚を食べられていいけど」

松本はその日のうちに「見えない三助、見つけた方に金一封」と張り紙を出した。

すると、その日に入っていた客からあっという間に広まり、この数日だけでもずいぶん客足が戻ったらしい。

一日に一度か二度ほど、あかなめ夫妻が三助として働くため噂は途切れることはない。

むしろ見えない三助に背中を流してもらったことが自慢となり、ますます評判になっているようだ。

松本から礼金はすでにもらっていたが、さらに感謝の印として鯛が届けられた。

その日に現れた瑠璃子もまた、夕食のご相伴にあずかっているという構図だった。

「大したことじゃない。今回は口入れ屋の業務内だったたし、別の調査のついでもあった」

ひじきの煮付けをつまんでいた銀市が何気なくいうのに、瑠璃子が眉《まゆ》を顰《ひそ》める。

「調査って……」

「あのあたりには成り上がりの実業家の邸宅も多いんだ。そこで流れている噂を聞いた」

珠にはよくわからなかったが、瑠璃子は色々察することがあったらしい。

疑うように銀市を睨《にら》んだ。

「まって銀市さん。あたくしにも妙なこと頼んでたけど、またなにか面倒くさいこと請け負ってるんじゃないでしょうねっ」

「気にするな。だが調査だけは頼む」

「もー！　珠っ、変な人間が来たら絶対に止めるのよ！」

「は、い？」

瑠璃子に念押しされたが、珠にはさっぱりわからなかった。

「あの、変な人間とは……」

「軍人！　うさんくさい軍人が来たら絶対に止めるの！」

瑠璃子に詰め寄られた珠は、ひたすらうなずいた。妖怪《ようかい》だけではなく軍人までくるとは、銀市の顔の広さには驚かされる。ただうさんくさい軍人という単語に、少し前に遭遇した眼鏡の将校が思い浮かんだ。しかしあれ以来遭遇はしていない。それにうさんくさいと言うよりは得体が知れないのだから違うだろうと忘れた。

珠はほんの少しだけ、瑠璃子がしている調査についても気になったが、聞くべきことではないだろう。あくまで珠は期間限定の女中なのだから。

「珠ぁ。鯛めしおかわりー！」

「俺も食べる」

「はい、まだまだございますのでどうぞ」

さわりと、胸の奥が騒いだ気がしたが、珠は気にしないことにして、二人に櫃《ひつ》ごと勧めたのだった。


「本当に、銭湯にお客様が戻って良かったです」

先を争うように鯛料理の数々を平らげた瑠璃子が帰り、居間には銀市と珠だけが残っていた。

いつも通りこたつに足を入れた銀市は、何かの書類を見つめている。部屋には先ほどまで銀市が吸っていた煙草の柔らかい清涼感のある香りが漂っていた。

珠はその向かいに座って、瑠璃子にもらった着物の袖《そで》の丈を直していた。

自分がいつも使っている長襦袢《ながじゅばん》と袖の丈がそろっていると、見た目にも気持ちが良いものだ。

縫い目をほどいて折り目を伸ばす。それから長襦袢の長さと合わせて袖下の丸みを作り直し、また縫っていった。袷《あわせ》の着物の直しは、慣れないうちは違うところを縫ってしまい、習ってすぐはうまくいかなかったが、今ではぱたぱたと折り重ねて行くのが面白い。

火鉢が傍らにいてくれるおかげで、いつでもしわを伸ばすためのこてを温めておけるのはありがたかった。

これくらいの針仕事は、しゃべりながらでもできるものだ。なにせ既製品の服はいまだに高嶺《たかね》の花で、着物を一人で縫えなければ一人前とは言えないため手が覚えている。

幸い、珠もまた自分で着物が縫えるようになるまでは仕込んでもらえていた。

「あれなら、お風呂の良さにも気づいて戻ってくださる方もいらっしゃいます、よね」

「あとは、主人とあかなめ達の努力次第だが。元々経営は良好な銭湯だったようだ。地元の常連客も無理をして遠くの銭湯に行っていたようだから、いずれ戻って来るだろう」

この数週間でだいぶ会話に慣れた珠が訊ねれば、当然のように銀市から答えが返ってきた。家にもよるが、女中と主人が親しく話すことは少ない。

だがここではそれが普通になったのが不思議だと思う。

「そう、だったのですか」

「ああ、『居る』と明言されれば怖くない、と客が話していたそうだ」

なるほど、不思議なものだと思いつつ珠は手元の針仕事に戻る。

瑠璃子が持たせてくれた着物は、珠が今まで持ったことが無いほどの数だ。このままでも着られはするが、せっかくではあるし自分の腕の長さに合うように裄《ゆき》も直してみようか。

「なにか、気になることがあるか」

「ひゃっ」

銀市の声に驚いた珠は、危うく指に針を突き刺しかけた。

なんとか回避したものの、久々の失態である。

息をつきつつ珠が顔を上げれば、銀市は若干申し訳なさそうな表情を浮かべていた。

「驚かせるつもりはなかったんだが。すまなかった」

「いえ気になさらず。……ですがなぜそんなことを聞かれるのですか」

いつもの仕事はきっちりとやっていたつもりだったのだが。何か不備があっただろうか。

「妖《あやかし》にも人間にも平等に無関心な君が、この件にはこだわっているように思えた」

あっさりと言った銀市に、珠は今度こそ絶句した。

意識していなかった部分を明確にされて驚いたのだ。

今までにも妖に悩まされる人に出会ったことはある。けれど信じてもらえないのに声をかけたとしても意味がないと、手を出したことはなかった。

なのに今回は、銭湯屋の主人と、あかなめ夫妻が平穏に過ごせるようにと願っている。

銀市は顔色をなくす珠を気にした風もなく、自分の書類を床に置いて向き直る。

「咎《とが》めているわけでも、責めているわけでもないことは了解してくれ。だが君は俺にもさほど興味を持っていないだろう？　ともすれば自分自身にも。でなければ切羽詰まっていたとはいえ、実質男一人の屋敷へ住み込もうとは思わないだろう」

「それ、は……」

事実だけを並べるように言う銀市に、珠はなにも言い返すことができなかった。

確かに、珠にはもらった名刺の屋敷へ助けを求めるという選択肢もあった。

結局名刺は無くしてしまったし、ただの社交辞令だと本気にしていなかった部分もある。

しかしやめた理由の一番は、行動に移す前に銀市に出会ったこと。それだけだったのだ。

女中が雇い主に乱暴されることも珍しくない中で、軽率と称される行動だろうと、珠は突き詰めて言えば興味が無かったのだ。自分にも、他人にも。

珠にとって重要なのは、ただ誰かに望まれたから、という一点だけだ。

見透かされた珠は血の気が引いた顔で見上げたが、銀市の顔には糾弾の色もなく、淡々とした秀麗な美貌《びぼう》があるだけだった。

「そんな君がこの件には関心を寄せているのが不思議だったんだ。答えたくなければ流してくれてかまわん。ただの興味だからな」

その言葉通り再び書類に目を落とそうとする銀市に、珠は針山に針を戻した。

どきどきと、心臓が痛いほど脈打つのを感じる。

そう声をかけただけで、銀市はこちらを向いてくれた。

つまりそれは本当にこちらに関心があって、聴く気がある。ということだ。

「あかなめご夫婦のように、妖怪が姿を現さず助けてくれる、ということはあるのでしょうか」

「なぜそう思った」

「私が、助けていただいたかも、知れないからです」

珠は部屋の文机《ふづくえ》にしまってある牡丹《ぼたん》の櫛《くし》を、そして櫛の歯が欠けた出来事を思い出す。

銀市の先を促すような沈黙に、はげまされた珠は勇気をふりしぼって続けた。

「実は私、故郷では神の生贄《いけにえ》として育てられて、十三で捧《ささ》げられるはずだったのですが」

「待て」

ぴた、と話を止めた珠は、頭が痛そうに額に手をやる銀市を窺《うかが》った。

「やはり、やめましょうか。つまらない話ですし」

「……つまらないのではなく、予想の十段上を行く話が飛び出て驚いただけだ。やめなくて良いがその前に。話は長くなるだろう。茶でも淹《い》れようか」

そう言った銀市の表情はどこか柔らかくて。珠ははい、と答えて立ち上がった。

「あの」

話は長くなるだろうと言われても、珠にとってはすべて終わったことで、話すことはそれほど多くはない。

「で、神の贄というのはどういう意味だ」

それでも、茶を淹れて一息ついた珠は、銀市に促されて語り出した。

「私の故郷には数年前まで神が居たのです。そして私はかの神へ捧げられるために小さい頃から育てられていました」

山に囲まれてはいたが、それなりに大きくて豊かな村だったと思う。

だがそれ故に周辺と隔絶されており、文明開化が起きてもなお、珠の代まで粛々と因習は残っていたのだ。

珠も村人も、神がどのような姿をしているかも知らなかったが、村が存続しているのは神の力のおかげだというのは周知の事実だった。

でなければ、周辺の村を飲み込んだはやり病にも遭わず、土砂崩れにも飲み込まれず、飢饉《ききん》も起きず、実りも豊かに繁栄しているわけがない。

だが代わりに十年に一度、無垢《むく》に育てた娘を捧げる決まりになっていたのだ。

そして珠は、七つの時に神に捧げられる生贄に選ばれた。

珠の家は持ち回りで、贄の子を輩出する家の一つだったらしい。

村のあぜ道を走り回っていた日々もあったが、珠の記憶に焼き付いているのは、殺風景な社にぽつんと一人で居るところだ。

幼い頃から己が贄であることは知っていたが、それがどういうことかわかったのは、両親が自分に平伏したそのときだった。そして珠が贄でなくなるまで、一度もまともな会話をしなかった。

社に入ってからは、珠は村人達にあがめられていた。

珠の役目は村人達の願いを聞き覚え、神に届けること。

簡素な白い衣と、神を喜ばせる唄《うた》と踊りと学だけを与えられ、あとは村人たちの願いを聞き続ける日々だった。

声は必要ない。なぜならば、珠は神に喜ばれるためだけのものだから。

意志も必要ない。なぜならば、珠はただの器だから。

願い祈る村人の声だけが、珠が受け入れるべきものだったから。

だから珠がうなずくたびに、安堵《あんど》を浮かべる村人達の笑顔が気味悪いと思ったことは胸の内にしまい込んだ。

「贄は他の人間とは違うのだから、というのが村人達の口癖でした。村の子供と遊んだ記憶もおぼろげです。贄として奉られて以降、私に話しかけようとした子供は、みんな折檻《せっかん》されましたから。私はただ神に願いを届けるための依《よ》り代《しろ》として、十三まで過ごしました。けれど」

「君はここに居る。儀式は起きなかったのだな」

銀市に言われた珠は、こくりと頷《うなず》いた。

「はい。助けていただいたんです。誰か……いえ。たぶんこの櫛に」

珠は、懐に入れて持ってきていた櫛を取り出した。

唯一、あの村から持ち出したものだ。

「これは私が贄となると同時に、受け継いだ櫛です。代々、嫁に行くことができない贄の慰めにと、いつしか作られたものと言われました」

「良い品だ。大事に受け継がれた気配がある」

櫛を見下ろした銀市の言葉に、珠はほんのりと嬉《うれ》しくなる。

正直、嫁に行けぬ悲しみというのはわからない。けれどこれがあったことで、珠の心が少しだけ安らいでいたのはたしかだ。贄に行くときも、これだけは取り上げられないから。

「櫛に助けられた、というのは」

銀市の問いに、珠の記憶は儀式の前夜にさかのぼる。そっと自分の頭に手をやった。

「儀式の前夜に、優しくなでてくれる手があったんです」

儀式の贄としての自分に異論は無かった。そう望まれたことに疑問など無い。

ただ、その夜、珠はなんとなく櫛を枕元において眠っていて。

真夜中にふと目が覚めた。

なにか傍らにいるような気配がする。ぼんやりとまぶたを開けると、鮮やかな花が咲いていた気がした。

両親はもう会いに来ていなかった。ましてや儀式の前夜、大事な贄に接触するような不届きな村人など居るはずがない。それくらいには村人は神を恐れていたのだから。

では別の悪いものか、と考えた時、そう、と珠の髪をかき分けられた。

細い指で、ぎこちなく。ためらいがちに。

『妾《わらわ》が、守ってやるからの。幸せにおなり』

そんな、声が聞こえて。

ただ、優しくて、悲しげで。鮮やかな緋色《ひいろ》が見えた気がした。

「その翌日、この櫛は私の枕元から消えていて、ほこらの前で櫛の歯が欠けた状態で見つかったんです。神だったらしい、大蛇の遺骸《いがい》の傍らで」

あれは、見事な遺骸だったと珠は思う。

ぬらぬらと黒光りする緑の鱗《うろこ》に、胴回りなど大人が二人がかりで持っても手に余る巨軀《きょく》だった。珠をはじめとした、かつての贄の娘をひと飲みすることなどたやすかっただろう。

だが、大蛇は事切れていた。

のどに刺さっていた木製のとげが、致命傷となったらしい。こっそりとそのとげを持ち帰った珠が櫛の歯と合わせてみると、欠けたあとはぴったりと合った。

それ以降、神々の気配はなくなった。

「だから、この櫛が身代わりになってくれたのだろうかと考えたのですが……旦那《だんな》様？」

そこで珠は銀市の表情が若干こわばっているのに気づき、しまったと思った。

「あの、やっぱり信じられませんか、このようなこと」

「いや、そうではない。それほど巨軀の蛇、みずちになれたかも知れぬのに、方法を間違えた愚かなやつだと思っただけだ。で、贄を逃れた君はなぜここに居る」

銀市の吐き捨てるような言葉の苛烈《かれつ》さに珠は驚いたが、ひとまず話を続けることにした。

「はい、私は捧げられませんでしたが、村から大蛇の恩恵は消え、急速に寂れてゆきました。あとはお話ししたとおり。私は売られる前に帝都に来ました」

いっそすがすがしいほどの凋落《ちょうらく》ぶりだったと思う。

贄を捧げる以前は、やせた土地だったと聞いていたがその通りだった。

まず作物の実りが減った。次にはやり病が来るようになり、雨が降ればあちこちで土砂崩れが起きた。そして外からの文化が入り込むようになった。

若い者から順に外へと働きに出るようになり、村はあっという間に小さくなった。

贄でなくなった珠は数年ぶりに実家へ戻っていたが、両親の恨むような責めるような視線に、家族の情などみじんも残っていなかった。

村にはもう、珠を必要とする人が居ない。

「ですが人の多い帝都であれば、生贄でなくなった私でも必要とされる場所があるかと思ったんです」

「君は……」

それ以上の言葉を続けられない銀市の、次の言葉を知りたくない。

だから珠は、笑みのようなものを浮かべて見せた。

「正直、生贄としてのお役目を果たしていた方が良かったのでは、と思うこともあります。あれ以降、あの手の方が話しかけて来ることもありません。でも」

そんな珠を、あの夜の鮮やかな色が遮るのだ。

だから、

「あの夜、感じた手の方が、どうして助けてくれたのか知りたくもあるんです」

珠のか細い声が、夜のしじまに消えていった。

今を生きることに精一杯で、このようなことを考えている暇など無いはずだ。なのに、珠は、ことあるごとに贄となる前夜のできごとを思い返している。

仮に妖《あやかし》だったとして、贄である己を受け入れていた珠に、なぜそこまでしたのか。その疑問を、あのあかなめ夫妻と出会って再び考えるようになっていたのだった。

胸の内を語りきった珠は、急に落ち着かないような気持ちになってうつむいた。

恥ずかしいことをしているような気分になったのだ。

どうして、と聞かれたはずなのに、支離滅裂に語ってしまった気がする。

そんな珠をじっと見つめていた銀市は口を開いた。

「器物の妖は宿った本体が壊れると、消滅するか著しく弱体化するものだ」

「そう、ですか」

銀市の婉曲《えんきょく》な表現に珠は薄々わかっていた答えをもらい、胸にぽっかりと空虚を感じた。

仕方が無いのだ。珠は今に至るまであの手の気配を感じていないのだから。

「だが、わかることもある」

そう続けられた言葉に、珠はのろのろと顔を上げた。

「妖どもは気ままで自由だが一途《いちず》でもある。それこそ、あかなめ夫妻のようにいさせてくれるだけで恩義を感じるほどな。この櫛もこれだけ大事にされていたのであれば、君に愛着を持っていたのだろう」

「どうして、わかるのですか」

「君が帝都に来ても生きているからな」

意味がわからず珠は困惑の色を浮かべるが、銀市は淡々と続けた。

「君は人に非《あら》ざる者にとって、とても魅力的な存在だ。普通だったらたちの悪い妖怪《ようかい》にあっという間に食われるか拐《かどわ》かされていたほどだぞ。櫛《くし》は、奇《く》しに通じて、破邪の力を帯びやすい。とはいえここまで歯が欠けて弱っているにもかかわらず、君を守り続けていたことは賞賛に値する」

珠は息を詰めた。

今も、守られて、いた。

「どう、して」

先ほどと同じ言葉をこぼす珠に、銀市はひどく柔らかい表情で応《こた》えた。

「その手の主は、幸せになれと言ったんだろう。何を指して幸せかと言うのはわからんが。俺は、君のそういう顔を見たかったんじゃないかと思う」

「顔、ですか」

「何かを知りたいと願う、意思の宿った顔だ。――俺は好ましいと思う」

驚いた珠が、ふと硝子《ガラス》戸を見れば、自分のゆがんだ顔が映り戸惑った。

久々に自分の顔を見たような気がした。

だが、このように表情が変化するものだっただろうか。まるで子供のように泣きそうで、それなのに嬉しそうに震えている、一言では言い表せないような、恐らく珠の故郷だったらみっともないと言われるだろう顔だ。

贄《にえ》の子時代に必要なかったからとすべてそぎ落として以降、珠が感情を露《あら》わにする事などなかった。帝都に来てからも、心が揺れることなどなかった。変わらなかったはずなのに、いつの間にこんなふうになっていたのだろう。

ゆるゆると顔を上げれば、銀市は温かい表情を浮かべて珠を見つめていた。

このような、みっともない顔が良いのだろうか。と心の片隅で思う。

けれど。ほろ、と、頬に涙が伝った。珠の意志に関係なく、雫《しずく》は顎《あご》を撫《な》でて落ちていく。

「あ、れ……」

はたはたと、膝に雫がこぼれるのを見送って、珠はようやく我に返って慌てた。

「ごめ、なさい、旦那様。あれ、とまら」

珠は止めようと拭《ぬぐ》うが、拭った先から涙は次々あふれてくる。胸が痛い。その痛みが涙となってこぼれているようだった。

止まらない涙に混乱していれば、ふわりと紫煙の香りに包まれた。

傍らに座った銀市に羽織を貸されて、頭を撫でられていた。

あの夜の細い指とは違う。でも同じくらい優しい感触だ。

「かまわん。出し切れ」

肩にかけられた羽織が、髪を滑る手が、心に染みるほど温かくて。

ああ、胸が痛い。痛くて熱くて、何も考えられない。

「あ、ぅ、ぁ……」

銀市の穏やかな表情を見上げた珠は、帝都に来てはじめて。子供のように泣いた。

＊

すうすうと健やかな寝息を立てる珠を、彼女の布団へと寝かせた銀市は天井を見上げた。

「天井下《さが》り、彼女を起こさないよう見守っていてくれ」

『あい、ヌシ様』

毛むくじゃらの小柄な姿が天井へ消えていくのを見送ったあと、銀市はもう一度珠の顔を見た。

十六という年齢から考えると幼げに見える容貌《ようぼう》だと常々感じてはいたが、涙で頬を濡らす今はより一層あどけなく見えた。

普段は落ち着いた物腰と浮き世離れした独特の雰囲気で覆い尽くされているが、儚《はかな》く消えて行きそうな頼りなげなこちらの姿のほうが、本来の彼女に近いのかもしれない。

自分の体をかき抱くように泣く姿は、寄る辺を知らぬ幼子のように痛々しいものだった。

彼女が今の今まで頼る大人も、頼るという心も知らなかったからだろう。

それほど彼女が生きてきた世界は非情で、彼女はそれが無慈悲であったことすら気づかず今まで生きてきた。

「今の世にすら贄として育てられた子が居たとはな。よくぞ今まで無事だったものだ」

いや、無事ではなかったのか。と銀市は思考しながら部屋を出る。

板張りのしんと冷えた廊下に明かりは無かったが、彼は迷いなく進んでいた。

魑魅魍魎《ちみもうりょう》の類《たぐ》いを見て感じられるほどに霊力が強く、にもかかわらずその力の抑え方も使い方も知らぬ、どこか欠落した少女。

人に非《あら》ざる者にとってひどく甘美な餌が無防備に歩いているのを見ていられず、銀市が彼女を手元に置くことにしたのは、ただの偶然だった。彼女の来歴を聞いて、ますます放っておくことができなくなったが。

同時に考えていた。珠を、この店に置いてはいけないと。

ここは人と妖怪が近すぎる。珠はようやく「人」として歩み始めたのだ。まだ危うい彼女は、些細《ささい》なきっかけで容易に妖怪の餌食《えじき》になり得るだろう。

銀市自身もまた、危うい均衡で成り立っているが故にそれが手に取るようにわかった。

しかし、いま最優先すべきは彼女の身の安全だ。

戻った茶の間は、ただ火鉢の埋《うず》み火だけがほんのりと赤い空間だった。

銀市は無造作に歩くと、珠がちゃぶ台に置いたままだった牡丹《ぼたん》の櫛の前へ立つ。

「居るのだろう。ここでなら、出られるはずだ」

しん、と静まりかえった茶の間に、銀市の言葉が響く。
一拍二拍と過ぎていく中、櫛に彫り込まれた牡丹の花が艶《つや》を帯びた。

第三章　懸命乙女のお手伝い

珠《たま》が口入れ屋銀古《ぎんこ》に居候し始めてから、一月ほどが経ったころ。

茶の間で改まった様子の銀市《ぎんいち》と向き合っていた。

なにかあっただろうかときょとんとしていると、茶封筒が渡された。

「先月分の給料だ。中を改めてくれ。大事に使うように」

目を丸くした珠が言うとおり中身を覗《のぞ》くと、きちんとした金額が入っていた。だいたい女中のお給料の平均的な額である。

「旦那《だんな》様、こんなにいただけません。私、居候の身であまりお役に立っていませんのに」

用は済んだとばかりに帳場に戻ろうと立ち上がりかけていた銀市は、多少の呆《あき》れがこもったまなざしで言い返した。

「なにを言っているんだ、女中仕事に口入れ屋の業務まで並行しているだろう。研修期間とはいえ、むしろ少ないくらいだ」

「ですが、月ごとに一応いただけても、こんな風に現金でいただくことは初めてで。あれ、そういえば払い戻しもされたことありません……？」

「君の今までの雇い主はいったいどんな外道だったんだ」

首をかしげた珠に、銀市は若干げんなりした顔をしていた。

半年に一度や申し出ない限り支払われないところも少なくなく、もらいはぐれることもままあったのだ。珠にとってはこうして月ごとにもらえる事が新鮮で、徐々に嬉《うれ》しさがこみ上げてくる。

それでも戸惑いのほうが大きく、握った封筒を前に途方に暮れていると。銀市が少しだけ眉《まゆ》を寄せた。

「突っ返す、とは言わないでくれよ。これは君への正当な報酬だ」

「うっ、でも、使い道が……」

まるで己の思考を読み取ったかのような銀市の言葉に、珠は気まずく視線をそらす。

本当に、お金の使い道がよくわからなかった。住み処《すみか》も食事も事足りており、唯一困っていた着物ですら瑠璃子《るりこ》に見繕われていたからだ。もとより身軽に出て行けるように、持ち物は風呂敷《ふろしき》一つにまとめられるだけにしているのもある。

ならば、ここを解雇されてしまったときに備えて、貯金をしておくのも良いだろうか。

そう、考えた瞬間。つきん、と胸が痛んだ気がして珠は面食らった。

茶封筒を抱えたままそっと胸に手を当ててみるが、もう痛まない。気のせいだったのだろうか。

そんな風にうつむいていた珠は、銀市の少し困った顔に気がつかない。なにか問いかけようとして、あきらめた銀市は息をついた。

「とりあえず、俺が取り上げることは無い。ゆっくりと使い道を……」

「話は聞いたわ！」

割り込んできた声に珠と銀市が振り返ると、いつの間にやら勝手口の脇に仁王立ちの瑠璃子がいた。その隣では、常と変わらぬ緋襦袢《ひじゅばん》姿の狂骨《きょうこつ》がひらひらと手を振っている。

瑠璃色のコートが鮮やかに美しい彼女は、ヒールのある靴を土間に脱いで茶の間へ上がり込んできた。その顔はにんまりと笑っている。

「お金の使い道がわからないですって？　ならあたくしにまかせなさい。流行の楽しみ方を思う存分教えてあげるわ！」

「え、は、ふえ？」

「あんたにはいつも遊びが足りないと思っていたのよ。──ねえ銀市さん、まだ珠に休暇を取らせていないわよね」

「そういえばなかったな。失念していた」

銀市がはたと思い出して言うのに、戸惑いから我に返った珠は慌てて叫んだ。

「休暇なんてそんなとんでもない！」

「あんたがどうこう言おうと、銀古の従業員は休暇を取るのが決まりなのよ！」

「お前は休みすぎだがな」

銀市の言葉を黙殺した瑠璃子は、爛々としたまなざしで、銀市に迫った。

「と、いうことで、今日の珠は休みで良いかしら、良いわよね？」

瑠璃子が念を押して迫るのに、そんな急な話が許される訳がない、と珠は思ったのだが、

銀市は少し考えた後うなずいたのだ。

「さしせまった仕事はないからな。夕暮れ前に帰ってくるならかまわん」

「さっすが銀市さん話がわかるっ！」

歓声を上げた瑠璃子はがし、と逃さないとばかりに珠の腕を取った。

「さあ！　まずは着替えるわよ！　あたくしがあげた着物、ちゃんと手入れしているでしょうね？」

「いえその、しまい込んでまして。すぐに着られるようには……」

『ねー瑠璃子ぉ。この間、直してたやつとかいいと思うわー。洒落《しゃれ》着用の襦袢に縫い付けてた半襟、似合いそうよ』

「あっ狂骨さんっ。見てらっしゃったんですか」

なんとか断れないかと言葉を尽くそうとしていた珠は、勝手口から愉快そうに顔を覗かせる狂骨の言葉にかあっと頬を染めた。

我が意を得たりとばかりに瑠璃子はにんまりとする。

「あとそのしゃれっ気もくそもない髪型直すわよ！　かんざしの一つくらい持っているでしょうね？」

「ならば、あの櫛《くし》を飾るといい。君に似合いそうだ」

今まで静観していた銀市にそう言われて、珠は硬直した。

「あの、その」

「瑠璃子に任せて、楽しんでくるといい」

うまく言葉が出てこない珠を気にした風もなく、銀市はあっさりとそう言った。

最大の障害になるはずの雇い主にまで勧められて、断る事など珠には出来ず。

そういうことに、なってしまったのだった。

＊

路面電車から降りたとたん、珠は雑踏の喧噪《けんそう》に飲まれた。

石造りやレンガ造りの外壁に彩られた洋風の建物が並ぶ町並みに、華やかな洋装を身にまとったモダンガールや背広に山高帽子をかぶった紳士が堂々と闊歩《かっぽ》していく。

愛らしい銘仙やお召しにえび茶袴《ばかま》を穿《は》いた少女達が、笑いさざめきながら歩いていく横を、人力車が通り過ぎていった。

石畳の地面が見える瞬間の方が少ない。

休日でもないのに賑《にぎ》やかな繁華街は、帝都にきて数年になっても見慣れない光景だ。これほどの人がどこに居たのだろうと思う。

その賑やかさに、珠は心がそわそわとするのを感じていた。

しかし傍らに降り立った瑠璃子は大した感慨もなく、すたすたと歩きはじめる。

「さ、こっちよ。思う存分満喫しましょ」

「は、はい。よろしくお願いいたします」

「お休みなんだから、もうちょっと肩の力を抜きなさいよ」

慌てて追いかける珠に、瑠璃子はあきれ顔を向けながらもそれ以上とがめることなく、繁華街へと繰り出した。

猫のようにしなやかな身のこなしで歩く瑠璃子の装いは、袖《そで》と襟元にレースのあしらわれたシャツに、ひだの入ったスカートだ。ベレー帽を斜めにかぶり、パンプスで颯爽《さっそう》と歩く姿はこの街にしっくりなじんで輝いている。

すれ違う人々がみな瑠璃子に見とれて振り返っているのに、珠は少しまぶしい心地がして目を細めた。

だが珠の視線に気がついたように瑠璃子が振り返った。

「どうかしたの」

「いえ、瑠璃子さんは街になじんでらっしゃるな、と」

「当たり前じゃない。あたくしは恥じるところなんてひとつも無いもの」

「そう、ですね」

「だけど、今日のあんたは悪くないわ」

瑠璃子が珠を見る目は満足と賞賛が混じっていて、珠は改めて己の姿を見た。

急遽《きゅうきょ》選んだのは、鳥の子色の地に色とりどりの菊が遊ぶ長着だった。それに紫地の蔦《つた》模様の優美な帯を締めている。落ち着いた色合いの組み合わせに、縫い付けたばかりの花模様の半襟と幾何学模様の赤い羽織を合わせていた。

春が近づいてきているために、ショールはもう必要ない。

「あんたがそういう明るい組み合わせも選べるのは意外だったけど」

「おかしく、ありませんか」

「じゃなかったらあたくしが隣を歩かせるわけがないでしょ。その櫛、歯は欠けてるけど良い趣味だわ」

当然とばかりに言い切った瑠璃子に、珠は頬が赤くなるのを感じた。

結局、珠は銀市の勧め通りにあの牡丹の櫛を挿していた。ずっと持っている櫛だったが、装飾品として使うのは今回が初めてかも知れない。鏡で見たときに、髪を飾る櫛は手に持って眺めているよりも艶を帯びて見えて全く違う物に思えたものだ。

しかし、どうにも気恥ずかしい。

「ありがとう、ございます……」

それでもか細い声で礼を言うと、珠をじっと見つめていた瑠璃子がずばりと言った。

「銀市さんと何かあったでしょ」

ひゅっと息が止まった気がした。次いで珠の心臓がどくどくと痛いほど脈打ち始める。

まさに図星というのが正しい有様だったが、珠は急いで首を横に振った。

「あの、変なのは私なんです。旦那様のそばに居ると、なんだかうろたえてしまって」

珠は数日前に銀市の羽織を借りて泣いた日から、彼を前にすると妙な落ちつかなさに襲われていた。頭を、しかも男の人に撫《な》でられるなんて、滅多にない経験をしたからではないかと密《ひそ》かに考えている。

この時代、男女が並んで歩くことも言葉をかわすことも珍しいのだ。動揺が続くのも無理はないと言い聞かせていたが、それでおさまる訳ではない。

まだごまかせていると思うが、そろそろ普通に受け答えができるようになりたかった。

「まだご迷惑をおかけするほどではないとは、思うのですが。このままだと粗相を働いてしまいそうで……」

きっかけとなった出来事を大まかに話した珠がそう締めくくると、顔をしかめたり微妙な表情になったりしていた瑠璃子が、大きく息を吐いた。

「銀市さんも罪作りなことをするわねぇ」

「私が至らないせいなのです。だから旦那様は悪くなくて……」

「あたくしの独り言よ、気にするんじゃないの。でもまあこれはこれで面白いかしら
……？」

　ぴしゃりと言われた珠が言葉を止めると、瑠璃子は思案をするように整えられた指先をあごに当てた。ふ、とその顔が何かを思いついたように明るくなる。

「じゃ、化粧でもしてみましょ？　あんたの格好は良いけど、それがちょっと心残りだったのよ」

「お化粧、ですか」

　唐突な提案に珠が戸惑っていると、瑠璃子が赤い唇をつり上げてほほえんだ。

「要はあんた、銀市さんとちゃんと向き合いたいんでしょ。化粧は女の戦装束よ。美しくなるっていうのはそれだけで強さになるんだから。そういう力を借りるって言うのも良いんじゃない」

「借りても、良いんでしょうか」

「良いのよ。弱い生き物が鎧《よろい》を身につけるのの何がいけないの。ま、あたくしはより強く美しくなるためにしてるけどね」

　瑠璃子が得意げに胸を張る姿に見とれた珠は、腑《ふ》に落ちた。瑠璃子から感じる強さとし

なやかさは、すべて自分で決めたことだからなのかも知れない。

「口紅の一つでも引くだけで、ずいぶん違うわよ」

「あの、私のお給料でも買えますか」

思い切って言えば、瑠璃子がふふんと楽しげな表情になった。

「もちろんよ。化粧の仕方まで教えてあげるわ。ま、もともと今日はフルコースで回るつもりだったからね。覚悟しなさい！」

「は、はいっ」

颯爽と歩き始める瑠璃子に、珠はほんの少しだけ胸を張って隣を歩いたのだった。


まず瑠璃子に連れてこられたのは小間物店だった。

瀟洒《しょうしゃ》な色硝子《ガラス》の窓が乙女心をくすぐる外観だ。中には、口紅やおしろい、化粧水などをはじめとした美容用品から、かんざしやブローチなどの装飾品まで手頃な価格で陳列されている。さらに、少女がこぞって買い集めそうな叙情画が使われた絵はがきや便せんまでならんでおり、店内は華やかな柄の着物に身を包んだ女性客が目立った。

「いきなり百貨店は気後れするでしょ、こういう所でも結構良いのはそろってるもんよ」

軽やかに言った瑠璃子は、あっけに取られている美容部員たちすら置いてけぼりにして珠の口紅を選んでいた。

そうして会計を済ませた珠の手には、口紅と、瑠璃子に念押しされて押しつけられた化粧水が包まれた紙袋があった。

唇は試しにつけてもらった、柔らかな桃色の口紅で色づいている。

瑠璃子がつけているのは鮮やかな紅色だったが、珠のそれは新色だという優しい色合いで、初めて化粧をする珠でも抵抗なくつけられていた。唇に何かをつけているのは落ち着かないが、それでも鏡の中に色づく己を見るのは心が華やいだ。

「あんたの肌にはまだおしろいはいらないし、眉《まゆ》を整える方法はわかったんだからあとは自分で研究しなさい。あと、お風呂《ふろ》上がりには絶対化粧水使うのよ」

「ありがとうございます、瑠璃子さん」

珠に礼を言われてふふん、と笑う瑠璃子の手にも化粧品の包まれた手提げ袋が握られている。つきっきりに見えたにもかかわらず、きちんと自分のものも見ていたのだから、珠はすごいと感心してしまう。

それからも珠は瑠璃子につれられて精力的に店を回った。

目を肥やすのも必要だと、叙情画師の柄を取り扱うという呉服屋の着物を眺めることになったり、本物の宝石を使った宝飾品店を見たりした。上質な装飾品がそろうという別の小間物屋もまわり、普段使いが出来そうなリボンを見繕う。

針が必要だと珠がつぶやいた途端、手芸用品店に引っ張っていかれ、針を見るのもそこそこ、半襟に刺繍《ししゅう》するための図案と色糸を選んでいた。

昼食は洋食店に行き、カリーライスという物を食べた。

珠は生姜《しょうが》とは違う辛みに目を白黒とさせながらも、食べる手が止まらないという不思議な体験をして、瑠璃子がしてやったりという顔をしていたものだ。

派手な化粧と着物のチンドン屋が、三味線や太鼓などの鳴り物をならしながら店の宣伝をして練り歩くのを立ち止まって眺めもした。

「もうちょっと時間があったら活動写真でも見るんだけどねえ」

「いえ、十分楽しいです」

瑠璃子がぼやくのに本心から珠は言った。いつの間にか瑠璃子のほうが大荷物になっていたが、珠の手にも口紅以外の様々な買い物袋が握られている。

半襟や足袋《たび》、筆記具や紙などの細々とした生活用品だったが、こうしてじっくり選ぶことが初めてだったのだ。

「そう？　じゃああとは……」

つぶやいた瑠璃子の目が吸い寄せられていたのは、帽子屋だ。

男性は和装にも帽子を合わせるため労働者でも鳥打ち帽をかぶることがあるが、女性は合わせるのが洋装のみのため洒落者《しゃれもの》、珍しいものという印象がある。

店先に見本として並べられているものには、女性用のベレー帽やボンネットもあった。

今日の瑠璃子もまた帽子をかぶっているため、好んでいるのだろう。

「瑠璃子さん、私は外で待っていますので、行ってきてくださいな」

「あらん？　あんたは興味ないの」

「少し外の風に当たりたい気分なので、私のことは気になさらず」

「そう、じゃあ行ってくるわ」

瑠璃子が颯爽と帽子屋に入っていくのを見送った珠は、ほうと息をついた。

楽しいことには楽しいのだが、初めてのこと続きで少し気疲れしていたのだ。

それでもなんだかとても気分が良い。

ぼんやりと様々な人の行き交う雑踏と町並みを眺めていると、様々なものが見える。洋風の店舗で営業する洋菓子店やパン屋が目に付くが、中には昔ながらの瓦《かわら》屋根をした呉服屋や骨董《こっとう》店もまだあり、混沌《こんとん》とした独特の景色となっていた。

ふとあんぱん屋の看板が目に入り、珠は銀市と銀古の妖怪《ようかい》たちを思い出した。

あそこに居る妖怪たちは甘い物が好きらしい。特に家鳴り達や天井下《さが》りが物を食べることができるのは知っている。

店に来た妖怪が持ってきた菓子を取り合う光景は珍しくなかったし、なにより銀市が率先して甘い物を食べていた。

ならば、あんぱんも喜んでくれるに違いない。酒粕《さけかす》で膨らませたパン生地にあんこを包んだ菓子パンは、都市部を中心に一気に広がり、庶民にも愛されている食べ物だ。珠でも何個か買える値段であるし、この楽しさを少しでも持って帰りたかった。

ちら、と帽子屋を振り返ると、硝子のショーウィンドウ越しに、店員と熱心に話し込む瑠璃子が見えた。まだかかりそうだ。

「お土産、買ってゆきましょう」

そう決めた珠は、道路の対岸にあるあんぱん屋へと足を向けた。


あんぱん屋はやはり都会の土産にと買い求める者が多いようで、少し混んでいた。

それでもいくつか購入した珠は、お給料を頂いてよかったと満足な気分で店を出る。

「おや君は、珠さんかな」

落ちついた聞き覚えのある声に珠が振りかえると、上等なスリーピースを着込んだ老紳士がいた。短く切りそろえられた髪に山高帽を載せ、紳士らしくステッキを地面に突いており、しわの寄った柔和な表情で珠を見下ろしている。

落ち着いた物腰で、付き人の男を引き連れている姿がしっくりとなじむ彼は、本来なら珠のような身分の低い者に話しかけることはない。そもそも珠が話しかけることすらおこがましい存在だ。だが話しかけられたからには応《こた》えるべきだろう。

珠は彼に向き直ると、丁寧に頭を下げた。

「三好《みよし》様、ご無沙汰《ぶさた》しております。園遊会の時は助けていただき、本当にありがとうございました」

「元気そうで何よりだよ」

三好和彦《かずひこ》は、鷹揚《おうよう》にうなずいた。

彼は前の勤め先で、客の装飾品を盗んだ疑いをかけられた珠をかばってくれた人物だった。全員が珠に疑いの目を向ける中、偶然居合わせただけにもかかわらず擁護してくれたのだ。盗まれたものがすぐに出てきたためにうやむやとなったが、雇い主が珠を疑っているのを察すると、何かあったら頼るようにと名刺までくれた。

知り合いと呼ぶには浅いが、珠には恩人とも言うべき人だ。

しかし、三好にとっては他家の女中である。まさか顔と名前まで覚えられているとは思わなかった珠は内心驚いていた。

付き人に手振りで待つように指示した三好は、珠のそばまで来るとほっとした様子で話しかけてきた。

「心配していたんだよ。大田《おおた》の家から解雇されたと聞いていたからね。君が苦労していないか気になっていたんだ」

「それは申し訳ございませんでした。今は良い口入れ屋にお世話になっておりますのでご安心ください」

「おや、そうだったのかい。名刺を使わなかったのはそのおかげだったかな」

「あの時助けていただいただけで十分でございましたのに、そこまでご迷惑をかけるわけにはまいりません」

名刺をなくしてしまったことはさすがに言えなかったため、珠は曖昧《あいまい》に微笑んでごまかした。ただ、言ったことも本心であったためにそれほど不自然ではなかっただろう。

三好は好々爺《こうこうや》そのものの柔和な眉尻を下げていた。

「君のようなまだ若い娘さんがそのような気遣いは無用なんだがねえ。だが、ずいぶん華やいだ装いだ、良い勤め先とご縁があったようだね」

「はい。お仕事先を見つけて頂くまでにもかかわらず、今の旦那《だんな》様はとても良くしてくださいます」

心の底からそう考えている珠は特別なつもりはなく言ったのだが、三好は眉を上げた。

「……おや、もしや今勤めているのは、口入れ屋なのかい？」

いぶかしそうにする三好に、珠は戸惑いつつもうなずいた。

「そうなんです。勤めているとは名ばかりの居候のようなものですが、お給金まで出して面倒を見てくださるんです。同僚の方も良い方ばかりで」

その同僚は人ではないのだが、そこまで言う必要はない。それでも銀市達が誤解されるのも嫌だった珠は控えめながらも主張したのだが、三好の表情は優れなかった。

「なあ、珠さん。大丈夫かい？　娘さんにあからさまに言いたくはないが、口入れ屋というのは人買いに手を出しているところもまだまだあるのだよ。最近女中の行方不明者が多いのも、かどわかしがあるからだとも聞いている。しかも犯罪の温床となっているのが口入れ屋の可能性が高いんだ」

その勢いに怯《ひる》んだ珠だったが、それでも誤解を解こうと言いつのる。

「ですが、きちんと業務をこなしていらっしゃるのはこの目で見ておりますし」

「君がそこに世話になり始めて一月は経つだろう。その間勤め先の相談はされたかい？」

「いえ、まだですが」

珠が言いよどむと、険しい顔をした三好は張りのある声でたたみかけてくる。

「それはかなりおかしいね。口入れ屋は紹介料で成り立っているんだ。利益にするには君を紹介するはずだ。そのままはぐらかして雇うにしても態度が曖昧すぎる。君の信頼を得てから行動に移すかもしれない。他の使用人が古参であれば黙認されてしまうよ」

心配そうにする三好の暗に告げたいことが理解できた珠は、困惑に口をつぐんだ。

確かに、今までの勤め先の中には、そういうことを匂わせてくる主人もいた。それと前後して珠の周りで怪奇現象が起きたために、早々に追い出されることになっていたが。

だがあそこは妖怪の巣窟《そうくつ》であり、そもそもあの銀市の美々しい容姿である。さらに瑠璃子のような美人な従業員がいる中、やせっぽっちな珠のような者を相手にするとはとうてい思えなかった。

しかしこのような事情を、どうやって三好に伝えたものか。

珠が黙りこくっているのを不安になっている、と捉《とら》えたのだろう。三好はジャケットの内ポケットに手を入れて何かを取り出した。

「なにかあってからでは遅いからね。君は本当にそこに居る必要があるのか、考えてみるといい。困ったことがあったら、遠慮せずにうちを訪ねてきなさい」

近づいてきた三好からふわりと、舶来物の香水の香りを感じた。甘ったるい、まとわりつくような香りだ。

園遊会の時も思ったが、どうやらかなりの洒落者らしい。園遊会の時とはまた違う香りをまとう彼に、そんなことを考えていた珠はふと違和を覚えた。香りの中に、どこかで嗅《か》いだ事のある匂いが混じっているような気がしたのだ。

しかし内心首をかしげている間に、手を取って握らされたのは、前にもらったのと同じ名刺だった。

「あの、でも」

「そろそろ行かなくてはいけないから。いいかい、今度はなくさないように」

上質な紙に印字されたそれは、おそらく多くの実業家が渇望するものだろう。

そんな物をなくしてしまって申し訳なさが募り珠は返そうとしたが、そうささやかれて思わず息を詰める。ばれていた。

気まずい面持ちで黙り込む珠に、三好は柔らかく笑んだ後、付き人を振り返る。

視線をさまよわせていた珠は、三好の足下に黒々とした靄《もや》の塊がこごっているのを見つけた。形を取る前のそこにあるだけの存在だ。人間の賑々《にぎにぎ》しい気配に惹《ひ》かれて現れたのだろう。

しかし、三好の革靴に容赦なく踏みつけられ、消滅してしまった。

あ、と声を上げかけるのを珠はこらえた。

三好は一切気にした風もない。ただなにかを感じたのか、泥を落とそうとでもするように、靴底を地面に擦《こす》り付けたあと付き人に伴われて去って行く。

見えない人はそこに居たことすら気づかないのだから、仕方の無いことだ。

ただ、少し寂しさを覚えながら、珠は手元に残った名刺に視線を落とす。迷った末に、巾着《きんちゃく》へと名刺を入れた。

「なーんかくさいわね」

背後から声をかけられて、珠はびくっと振り返る。

案の定そこに居たのは瑠璃子だ。見知らぬ箱を持っているのは、おそらく帽子を購入したからだろう。

「ごめんなさい瑠璃子さん。勝手に離れてしまって」

「ほんとよもうっ！　驚いたんだから。ちゃんと居なさいよね」

不機嫌そうに言いつのった瑠璃子は、三好が消えていった方を眺めている。

「あんた、三好養蚕の会長と知り合いだったの？」

「あの、はい。前の勤め先で偶然。その後も何かと気にかけてくださいました。瑠璃子さんもご存じなのですか」

顔を見ただけでわかるなんてと珠が目を見張っていると、瑠璃子は肩をすくめた。

「そりゃあね。新聞で何度も見た顔だもの。三好養蚕会長、三好和彦。尾道《おのみち》地方の農村出身で、その聡明《そうめい》さから前三好養蚕社長に気に入られて会社を継ぎ、さらに事業を発展させた中興の祖。今は生糸卸しの他にも、呉服に小間物に最近は金融にも手を出していたかしら。今一番勢いのある会社なのは間違いないわ。あの様子だと、いずれ政治にも手をだすんじゃないかしら」

「すごいですね、瑠璃子さん。そのようなことまでご存じなんて」

「カフェーでは必要なのよ。だけど」

よどみなく語られる事柄に目をぱちくりとしていた珠だったが、瑠璃子の表情はあまり浮かない。そこには嫌悪に似た色があった。

「あたくし、三好の商品は好きじゃないのよね。手広くやり過ぎてるせいか、デザインがどれも安っぽくて中途半端なのよ」

「そうなの、ですか」

「ちなみに、今まであんたに勧めたものに三好のものはないわ」

瑠璃子の言葉に、珠は意外に思った。

肩をすくめた瑠璃子は少し険を緩めた。

「まあ、手頃な価格で流行の品が手に入るって女学生とかには人気だから、客層が違うと言えばそうなんだけど。あんなんでも、女学校に寄付をしたり、貧困層向けに古着の提供をしたりして篤志家としても有名なのよ。あんたも助けてあげようって枠にはいったのかもしれないわね」

「かも、しれません」

珠が曖昧に相づちを打つと、瑠璃子は荷物を抱え直しながら言った。

「さ、帰りましょ。日が暮れる前にあんたを送っていくわ」

「ありがとうございます」

瑠璃子が歩き始めるのを珠は一歩下がって追いかける。その心には三好の言葉がぽつんと、黒いしみのように残っていた。

＊

朝の澄んだ空気の中、珠は銀古のある通りで箒《ほうき》を使っていた。

未《いま》だに空気は冷たいが、時折強く吹く風が温《ぬく》んでいるような気がする。春が近いのだ。

がらりがらりと野菜を満載にした大八車を引いた、八百屋の女房が通りかかる。

「おやまあ、珠ちゃん。いつもありがとさんねえ」

「おはようございます、八百屋さん。お疲れ様です」

「なあに、こんな綺麗《きれい》な道を歩けるんだ、極楽ってもんさ。たまにはうちにも買いに来とくれよ」

八百屋の女房はからりと笑って大八車を引いていく。これから行商に出るのだろう。その後ろ姿に頭を下げた珠は、手に持つ箒にこっそり話しかけた。

「箒さん、よかったですね。綺麗っていってくださいました」

竹箒は嬉《うれ》しそうに震えた。

この箒の付喪神もまた、銀古で働く妖怪《ようかい》で、自力で動き屋敷の庭周りを掃除していた。

しかし、珠が交渉した結果、誰かに見られる可能性が高い表は珠の手にゆだねられるようになっていたのだ。

そしてせっかくだからと銀古の門前だけでなく、周辺の道まで掃除をしはじめると、遠巻きにしていた近所の住民から、少しずつ話しかけられるようになっていた。

相変わらず銀古はうさんくさいと思われているようだったが、それでも少しくすぐったいような気分になる。

そう遠くないうちに珠は居なくなるが、全く交流がないよりはずっとよい。

しかしそこまで思考を巡らせた珠は、掃除を続けていた手を止めてしまった。

昨日の三好の言葉が胸に引っかかっていた。

とはいえ、珠に銀市らを疑う気持ちはない。妖怪がいる銀古は、普通の口入れ屋とは違う部分が多々ある。だから周囲の人間からすれば怪しい店だと捉えられるのも仕方がない。

しかし。しかしなのだ。

『本当にそこに居る必要があるのか、考えてみるといい』

そう指摘されたことで、珠は改めて考えていたのだ。

ここでの珠は、次の就職先を待つ間の居候だ。女中として胸を張れるほどの仕事をしていないにもかかわらず、十分な給金までもらってしまった。

だが自分は銀市や瑠璃子に良くしてもらっている分だけ、この銀古に貢献出来ているだろうか、と。

ここを離れるまでに、なにか恩が返せるだろうか。

「ねえ、そこのベリィキュートなお嬢さん」

いきなり声をかけられて、上の空だった珠はびくっと肩を揺らした。

箒を握りしめて顔を上げると、カーキ色の軍服に身を包み薄《うっす》らと微笑む男がいて、珠は目を丸くする。

以前顔を合わせたことがあったためだ。

「少し前に会ったよね。覚えているかい？　このあたりに勤めていたんなら、心配はなかったかな。だがこの広い帝都でまた会えるなんて運命かもしれないよ！」

「あの、あのあの」

珠の動揺など目に入らない様子の将校は、そこまで息継ぎなしで言いながら颯爽《さっそう》と距離を詰めてくる。そしてにっこりと人好きのしそうな笑顔で、箒を握る珠の手を取った。

「これも何かの縁だ、君の仕事が終わったら今度こそ、ミルクホールでお茶をするのはどうだい？」

将校の勢いに押されていた珠は、戸が開けられる音に弾《はじ》かれるように振り向く。

硝子《ガラス》の引き戸を開けた銀市が、どこか苦々しげな表情で立っていた。

「御堂《みどう》、何をしている」

「旦那《だんな》様っ」

ほっとした珠は将校から手を取り返すと、箒を抱えて銀市の傍らに避難する。

珠が銀市越しに窺《うかが》った将校は、朗らかで軟派な雰囲気がくずれてぽかんとした顔をしていた。

「だんなさま、だって？」

「前に話しただろう。奉公先が見つかるまで居候させている娘だ」

「つまりその子が、例の……」

御堂と呼ばれた将校が、ふたたび珠を見た。

一瞬、眼鏡の奥の視線が冷えたものに見えて珠は息をのむ。だが珠がはちりと瞬《まばた》きした時には、御堂は好奇心を抑えられないとでも言うように表情を輝かせていた。

「いやあ銀市が女の子と一緒に暮らしているなんておどろいたよ！　そもそもこのお化け屋敷に住める人間がいるとは思ってなかったしさ。あいつらはうるさくないかい？」

大仰な身振りで迫るその気安げな調子に戸惑いながらも、珠は将校の口にしたお化け屋敷という単語に目を丸くした。

つまり彼は、この銀古がどういう場所か正確に把握しているということだ。

眼鏡をくいと直した御堂は、朗らかに言った。

「あらためまして、僕は帝国陸軍少佐、御堂智弘《ともひろ》だ。銀市の元ぶ……」

「御堂」

「……友人とでも言っておこうか。上古《かみこ》珠嬢、短い間だろうけどよろしくね」

銀市に咎《とが》められるように低く呼ばれても、彼に全く響いた様子はない。

ただ「友人」と口にしたときの表情は、一瞬照れくさそうにはにかんで見えた。

しかしなぜ、珠の名前を知っているのか。驚くことばかりで動揺さめやらぬ珠だったが、目上の、しかも将校に名乗られてしまったのは失態である。

「は、はい。御堂様。よろしくお願いいたします」

少々後ろめたさを覚えつつ珠が頭を下げると、寒そうに袖《そで》に手を入れていた銀市が御堂に声をかけていた。

「話は中でだ。茶を用意させる」

「茶が出てくるのかい!?」

なぜ、銀古に来る者はそこに驚くのだろう、と珠は不思議な気分になりつつ支度のために台所へ向かったのだった。

「本当に出てきた……。しかもおいしい」

客間で感心した様子で茶をすする御堂に珠はほっとした。銀市から許可を得て、少し値の張る茶葉をそろえておいて良かった。

「では、失礼いたします。何かご用がございましたらお呼びくださいませ」

「いや、君もそこに居てほしいな」

畳に三つ指をつき下がろうとした珠だったが、御堂にそう願われた。

主人である銀市を制して言われた珠は困惑して銀市を見たが、彼が眉《まゆ》をひそめながらも黙ってうなずいたため、銀市の後ろに控えた。

「お前がこんな朝早くに行動しているのは珍しい。一体何があった」

「今世間を騒がせている、女中失踪《しっそう》事件の犯人に目星が付いたんだ。やはりあちら側の住民らしい。少なくともここ数ヶ月の女中失踪のいくつかは共通する特徴がある」

「そこまで調べが済んだか」

「ああ、銀市のおかげでね。今の部隊には見える人材も少ないから苦労したけど、あなたが辻《つじ》に立つ妖怪達に、情報収集をしやすいように根回しをしてくれただろう。おかげで出没地域は絞れたんだ」

珠には話の半分も分からなかったが、二人の関係に密《ひそ》かに驚いていた。

御堂は三十代半ばの軍人だ。にもかかわらず、口入れ屋の銀市と気安く話すことが不思議だった。親しげな様子から以前からの知己であることは明白だし、銀市も心なしか肩の力が抜けて居るように見える。

ぼうと見つめていた珠に、何を思ったのか御堂がこちらを見た。

「なにか気になることがあるみたいだね？」

御堂本人から促されてしまった。珠は少々迷いながらも、個人の事情を聞くのは気が引けたため、もう一つ気になるほうをおずおずと口にする。

「その、軍人様が妖怪を捕まえるのですか？」

御堂は当然のように人に非《あら》ざる者の存在を認めて、それを捕らえようと動いているようにしか聞こえない。

そもそも珠は銀市と出会うまで、まともに妖怪達を認識出来る人間に出会ったことがなかったのだ。とてもではないがすぐには飲み込めなかった。

その困惑の色を読み取ったのだろう、御堂はしみじみとうなずいた。

「そうだよねえ、そう思うよねえ。僕も初めてこの部隊に送られた時は信じられなかったもんだよ。警察はもちろん軍部の大半は知らないし、一部ではうさんくさい無駄飯ぐらいの穀潰《ごくつぶ》しくらいに思っているだろうけど。――僕たち特異事案対策部はそれが居ることを知っている」

声を落とした御堂は、しかしあっけらかんと続けた。

「まあでも、軍人なんて血気盛んなくせに頭が固い連中の集まりだからさあ。僕たちの活躍なんて認められないせいで人材不足でねえ、見えない僕ですらかり出される始末だ。これでも結構えらいんだけど、現場からは離れられそうにない」

「……あの、御堂様は、見えるのではないのですか」

珠は御堂の言葉に思わずさらに問いを重ねた。

この部屋には例のごとく火鉢が歩いてきて居座っている。

だが御堂は、火鉢が腕を伸ばして火箸《ひばし》を扱っても、驚いた風もなく受け入れていたし、天井下《さが》りが外套《がいとう》を預かろうと突然下がってきた時も平然とマントを預けていた。

なにより、初めて出会った時には、小鬼を摑《つか》んで放り投げてすらいたのだ。

するると御堂は、眼鏡をくいと直しながら苦笑した。

「職業柄いろいろ対処法は身につけているけど、僕は正真正銘の人間だよ。見えるのも術のかかったこの眼鏡のおかげさ。余計なものがたくさん見えて疲れるんだけどねえ」

やれやれとばかりに言った御堂に、珠は少し困ってしまう。御堂が見えない世界は珠にとって当たり前のものだからだ。

どんな言葉を返せば良いのか迷っていると、御堂は熱心な様子で身を乗り出してきた。

「だけど、見えて感じられる君だからこそ、今回の役目にうってつけなんだ」

「え？」

言葉の意図が読めずに困惑する珠に対し、銀市はそれだけで御堂の言わんとすることが分かったようだ。だが恐ろしく険しい顔になっている。

「御堂、珠を囮《おとり》に使いたいと言うのか」

「苦肉の策なんだよ」

珠は初めて見る銀市の怒気に息を吞《の》むほどだったのだが、その怒気を向けられている御堂は表情は硬質ながらも平然としていた。

「女中を攫《さら》っている妖怪《ようかい》は、数度にわたって標的とした女中を偵察しに来ていたらしい。『羽音が付いてくるようで薄気味悪い』と同僚に漏らしていたとの証言がとれている。だが犯人は慎重で、若い娘でないと引っかかってくれないみたいでね。なにせ軍人である僕たちはみんな男で、囮になれる人間がいない。だが一般人のお嬢さんに協力を頼むのも難しい」

「違《たが》えるな、彼女もまた一般人だ」

「でも見える。こちらの事情を知っている貴重な人材だ」

低くうなるように言う銀市に、御堂も低く返した。

珠はいきなり自分が話題にあげられて面食らっていたが、険悪な雰囲気にはらはらするしかない。

「なあ銀市、君はここを開くときに、軍の要請があれば必ず協力すると誓いを立ててくれたよね。それを破るのかい」

「彼女は銀古で一時的に預かっているだけの娘だ。巻き込む方がおかしい」

銀市の言葉につきん、と珠の胸が痛んだ。

「だけど、ここで誘拐犯を捕まえておかないと拝み屋連中が乗り出してくる。そうすれば妖《あやかし》はまた立場が悪くなってゆくよ。僕は人間だからどちらでもかまわないけれど」

「本気で言っているのか」

気のないそぶりで言う御堂と、ぐっと厳しい表情で詰問する銀市に珠は青ざめた。

ぎゅうと、不安に胸が痛くなる。相手は位の高い軍人だ。自分のせいで立場が悪くなってしまうのだろうか。

「確かにこっちで万全の守りを敷くけれど、危険は伴う。だけど、早期解決のためには妖怪が惹《ひ》かれやすい彼女が一番適任だと僕は思うよ」

　御堂の言葉に銀市が驚いたように息を呑んだ後、よりいっそう顔を険しくした。

「御堂、分かっていて言っているのか」

「もちろん、だからこそだよ」

　さきほどまであれほど気安げに言葉を交わしていたにもかかわらず、今の座敷には冷気すら漂っている。珠は、その空気が嫌だった。

「ねえ銀市、そんな風にこだわるのは……」

「わ、私が！」

　珠は思ったよりも大声になって、何より御堂の言葉を遮ってしまったことに青ざめる。

　二対の瞳《ひとみ》に注目された珠は怯《ひる》んだが、しかし口から出た言葉は戻らない。ぎゅっと膝《ひざ》の上で拳《こぶし》を握りしめた。

「私が、そのおとりをお引き受けすれば、旦那様のお役に立ちます、か」

「珠、これは君には」

「立つよ。なんなら、女中達がこれ以上攫われずに済むようになるかもしれない」

　銀市の言葉を遮った御堂にそう断言されて、珠の心が決まった。

役に立てることなら、望まれるのであれば、珠はここに居て良いはずだ。

「なら、やります」

銀市が驚いた表情で硬直する中、御堂が息をついた。

「……ありがとう、珠嬢。協力感謝する」

そう言った御堂の表情に、わずかに罪悪感がにじんでいることを珠は不思議に思った。

＊

「なにオウケイしちゃってるの珠！　あんた自分が何するか分かってるの!?」

御堂が帰った後、いつものように食事を取りに来た瑠璃子が重い空気に気づき、ことの顛末《てんまつ》を知った第一声だった。

その烈火のごとき剣幕に、珠は思わず首をすくめる。

「ごめんなさい瑠璃子さん」

「悪いことがわかってから謝りなさい！　そもそも銀市さんっなんであの軟派軍人の提案を呑んじゃったのよ！」

だがしかし瑠璃子の怒りは収まることはなく、銀市に向けられる。

黙り込んでいた銀市は、うっそりと瑠璃子に視線を投げた。

「珠が聞かなかった」

「たぁまぁ〜？」

再び目のつり上がった瑠璃子ににらまれた珠はうつむいた。

必要とされたいがためだったが、瑠璃子も銀市も顔が険しいままだ。珠の選択は間違いだったのだろうか。

沈黙が降りる中、深くため息を吐いたのは銀市だった。

「……確かに、珠が適役ではあるんだ。お前ではとてもじゃないが女中に見えんからな。女中の失踪は知られて居ないだけでかなりの数に上るだろう。なるべくならば次の失踪者が出る前に尾をつかみたくはあるんだ」

「あたくしが女中に見えないのは当然だけどさぁ」

まだ渋る瑠璃子に、袖に手を入れた銀市はまるで己にいいきかせるように続けた。

「囮になるのは三日だけ。羽音の噂がある界隈《かいわい》を夕方から夜にかけて歩く。それ以上は囮に引っかからなかったと判断して撤収だ。別の方法を考えると御堂から言質《げんち》は取った」

銀市はそこでいったん言葉を切ると、珠に向き直る。

背筋を伸ばした姿は、はっとするほど目を惹《ひ》かれる。そこだけ空気すら違うようだ、と珠は密かに思っていた。

「本当は、君を巻き込みたくはなかったが、助かりはする。君が無事に良い職を得るまでは責任を持つ。必ず問題なく帰れるように取りはからおう」

銀市の確固たる声に珠は安心するべきなのだろう。だが珠は無性に心が冷たくなるような心地がした。寒々と風が吹きすさぶようで困惑する。それでも銀市は助かる、といってくれたのだ。それで十分だと、珠はそれ以上考えないことにした。

「というわけでだ、瑠璃子、協力してくれないか」

銀市に願われた瑠璃子は、腕を組んだまま珠を見る。

「あんた、怖くないの。女中が行方不明になった後、どうなっているかは誰も知らないのよ。ましてや妖怪が絡んでんなら、十中八九食われてるわ。怖くないの」

瑠璃子の冷然とした物言いに、珠は困惑して眉尻《まゆじり》を下げた。

確かに、妖怪に「喰《く》いたい」と言われることもそれなりにあった。あれには少々肝が冷えたが、これは言わば仕事である。ならば珠は何があってもやり抜くつもりだった。ただ。

「さすがに、痛いのは困ります。逃げられなくなってしまいますし」

「そういうことじゃないのよもう……！」

瑠璃子はますます眉間《みけん》にしわを寄せると、頭に手をやりながら乱暴に立ち上がった。

「あんたが勝手にするなら、あたくしも勝手にするわっ」

そのまま去って行ってしまう瑠璃子に珠はしょんぼりとした。

いつの間にか、かさかさきしきしという音と共に、家鳴りたちが現れていた。珠の膝にそっと手をついて案じているのが感じられて、珠は少しだけこわばりがほぐれる。

しかし胸中は罪悪感でいっぱいで、珠は銀市に頭を下げた。

「旦那《だんな》様、申し訳ありませんでした。私が余計なことを言ったばかりに。瑠璃子さんを怒らせてしまいました」

「まあ、怒ったのはそうだが、少し違うぞ」

銀市がいった瞬間、苛立《いらだ》ちをそのまま形にしたような足音が響いて、乱暴に引き戸を開けて瑠璃子が戻ってくる。

「明日《あした》は！　夕方にここで良いのよね⁉」

「ああ、頼んだ」

「ふんっ」

ぷいと顔を背けた瑠璃子はさっと身を翻して去ってしまったが、珠はじんわりと胸が温かくなった。

銀市は大丈夫だっただろう、とでも言うように満足そうな表情を浮かべていたが、不意に目を細めて珠に言った。

「ただな珠。人は、妖怪を怖がるものなんだ」

「はい、そうだと思いますが」

銀市がどうして念を押すのか分からず、珠は曖昧《あいまい》に返事をする。

そのせいか、正しい反応ではなかったらしく、銀市が少し寂しげに眉をひそめたのが珠の印象に残った。

＊

翌日の夕暮れ。

御堂は、待ち合わせの場所に珠と銀市が現れると、若干驚いた顔をした。

今回の御堂は軍服ではなく、ジャケットにコートを羽織っており、どこかの会社に勤めている人間のようだ。眼鏡は今日もかけている。周囲で打ち合わせをしている青年達が居たが、おそらくは御堂の部下だろう。

しかし、珠は朧車《おぼろぐるま》に揺さぶられたため気分の悪さと闘っていたこともあり、それどころではない。

いつかは慣れるのだろうかと珠が途方に暮れていると、御堂に声をかけられた。

「……珠嬢、大丈夫かな」

「申し訳ありません、ですが気になさらず。お役目はきちんと果たしますので」

ようやく人心地ついた珠は顔を引き締めて宣言する。

今日の珠は市松模様の長着に蝶《ちょう》柄の羽織を重ね、外出に使う巾着《きんちゃく》を持っている。女中が少し息抜きをして帰ってきたという体裁で、着物は地味でありながらもほんの少しお洒落《しゃれ》を意識したのだ。

これを確認した瑠璃子は大変渋い顔で「ものすごく女中ね」と称した。

なにより珠は本物の女中である。餌の役割は十二分に果たせるだろう。

珠はそんな気持ちを込めて言ったのだが、御堂の顔はほんの少し申し訳なさそうにゆがむ。

そのような顔をされることを言ったつもりはなかったため、珠は面食らった。

銀市も呆《あき》れたような仕方なさそうな顔でため息をついている。それは御堂を咎《とが》めると言うよりも、しでかしたことをたしなめるような色に思えた。

御堂は、一瞬だけばつの悪そうな表情をしていたが、すぐに珠に向けて淡い笑みを浮かべながら言った。

「危険に巻き込むのは僕だけれど、絶対に君を危ない目には遭わせないよ」

「いえ、その誘拐犯を捕まえるためでしたら私の身の危険など二の次でかまいません。十分に引きつけた上で、確実に捕らえてくださいな」

協力するのであればそれくらいは必要だろうと珠が言うと、御堂にぎょっとされた。

「いや待って欲しいな、さすがに一般人のお嬢さんにそこまでさせるつもりはないよ」

「ですが、それですと餌の意味が無いのではないでしょうか？」

珠が首をかしげれば、御堂は二の句が継げずに黙り込んだ。特別なことを言ったつもりはなかったのだが、と珠が戸惑っていると、今まで会話に参加していなかった銀市が、初めて声を上げた。

「こういう娘だ。お前が心配しているようなことは何もない」

一瞬だけぐっと御堂の顔がゆがむ。まるで怒られた時のような悄然《しょうぜん》とした顔だった。軍人が、と言うよりもそもそも男性がこうも感情をあらわにすることに珠は驚く。

だが銀市は肩をすくめるだけで、珠を振りむいた。

「珠、後でたっぷり礼の品をせびるぞ。何か欲しいものでも考えておけ」

「えっ」

「そういう流れなのかい!?」

珠は面食らったが、それは御堂も同じらしい。銀市は思案するように顎《あご》に指を当てた。

「ふむ、珠に選ばせるとささやかなものになりかねんな。御堂、お前の無駄な経験が役に立つ時だ。気の利いた贈り物を期待しているぞ」

「ご令嬢やご婦人方との交流は無駄な経験じゃないんだからな。可愛い女の子がいたら口説くのは当然だし、趣味と情報収集の実益を兼ねた立派な仕事の一環だよ！」

仕事の一環と言いつつ、趣味と明言するあたり、珠は御堂の本音を垣間見《かいまみ》た。

銀市は若干焦りを帯びる御堂を気にした様子もなく。

「まあ、もうお前もいい年した大人だ。とやかく言うつもりはないさ。だがああそうだ、瑠璃子もお冠だったからな。助力はしてくれるが、後で覚悟をしといた方が良い」

「えっなんであの人が怒ってるの。と言うか来てるのかい!?」

「珠を気に入ってるからな。お前を見ると爪痕《つめあと》を刻みたくなるから後にするそうだ」

「本気じゃないか……」

したり顔の銀市に御堂が顔を引きつらせた。

だがなんとなく感じていた張り詰めた空気が緩んだ。

珠もまた少し安心した。珠が原因で禍根が残っていたらと少し心配だったのだが、こうして銀市と御堂は気安く軽口を叩《たた》いている。御堂のほうが旗色が悪いことが少し意外だったが、それでもぎすぎすとしているよりはずっと良い。

恨めしげに銀市を見ていた御堂だったが、こほんと咳払《せきばら》いをして空気を改めた。

「じゃあ、今回の作戦について確認するよ」

すうと、御堂の表情が引き締められる。懐から出された地図を広げて見せた。

「この地域では、黄昏《たそがれ》時に大きな羽音がすると娘が居なくなるという噂がある。実際に居なくなった娘もいるようだ。中産階級の個人宅や独り者の下宿も多いからね、人の入れ替わりも多いから、わかっていないだけでもっと居るのかも知れない。そこで、珠嬢にはこの地域を歩いて貰《もら》う。相手に怪しまれないよう道順は、ここからここを通ってここまで。

多少間違えてくれてもかまわない」

珠は御堂がなぞっていく道順を頭にたたき込んだ。一筆書きに遠回りをしていくような道だ。間違えるようなことは無いだろう。

「僕の部下が私服で巡回しつつ警戒に当たる。君はただゆっくり歩いてくれればそれでいい」

「俺は瑠璃子と共に別方面から警戒に当たる。姿は見えずともそばに居る」

「はい、ありがとうございます」

銀市の言葉に、珠は少しだけ肩に入っていた力が抜けた。

さらに御堂からは紙のようなものを渡された。

「これが、一応お守りの札だ。しっかり持っていて欲しい」

真白い半紙に、流麗な墨と朱墨で文字が書かれたものだ。珠にはその効力はわからないが、巾着に入れておこうと紐《ひも》を緩める。

開いたところで、三好からもらった名刺がそのまま入っていることに気づいた。帰ったら引き出しにでもうつして、今度はきちんと保管しておかなければ。

「まあ、銀市がいるから大丈夫だとは思うんだけどねえ」

「何があるかわからん。万が一の備えはいくつあっても良いだろう」

珠が巾着に札をしまっていると、御堂と銀市が言葉を交わしていた。

話の内容については今ひとつぴんとこなかったが、ただ御堂の銀市に対する信頼がにじんでいることだけはわかった。

そろそろ夕暮れが迫ってきている。行動開始の時間だ。

最後に銀市が珠に問いかけてきた。

「珠、櫛《くし》は持っているか」

「はい、懐に」

珠は着物の上からそっと、櫛を押さえた。牡丹《ぼたん》の櫛は女中が身につけるには華やかすぎたために、いつもと同じように懐に入れてある。出立時に銀市に持って行くように願われたときは少々驚いたが、珠としてもずっと共にいる櫛を身につければ安心出来た。

ふ、と目元を緩ませた銀市は、珠の肩に手を置いた。

「では、行ってこい」

「っはい」

そうして、珠は一人きりで、黄昏に染まる道へと踏み出した。

羽音の噂が流れる地区に入った途端、音が遠くなったような気がした。

静かなのだ。

普通なら、勤め先から帰宅する者や、空き地で遊んでいる子供、銭湯へ行く者など、まだまだ住民が出歩いていてもおかしくない時刻のはずだ。

しかし珠は誰ともすれ違わず、すれ違ったとしても、郵便局員や行商の棒手振《ぼてふ》りのみである。そのことが、住民達のおびえを表しているように感じられた。

さり、さり、と珠の草履が土の道を擦る音だけが響いている。

住宅街らしく道の両端には生け垣や石積みの塀が続き、建ち並んでいる木製の電柱が濃い影を落としていた。

不自然にならないように、珠は歩く速さを変えないように努めた。

ともすれば歩く方向を間違ってしまいそうになるが、そのたびに記憶を掘り起こす。多少通る道を間違ってもよいとは言われていたが、なるべくならば捕獲班に迷惑をかけたくなかった。

きゅ、と唇を嚙《か》んだ拍子に口紅の不思議な味が舌に載った。

今、珠は瑠璃子と買った口紅を淡く唇に載せていた。それだけなんとなく心強い気分になる。確かに、化粧は心を守る鎧《よろい》なのかも知れない。

一日で捕まえようとは思っていない、とも説明されている。今日は見ているかもしれない誘拐犯に目を付けて貰うだけだ。本番は明日から。

ふと塀の一つに三毛猫の尻尾《しっぽ》が見えて、表情が緩んだ。

大丈夫だ。やり抜ける。珠は不自然に見えない程度に、巾着の紐を握る手に力を込めた。

春が近づいているとはいえ、日が落ちると肌寒ささえ覚える気候だ。袖口《そでぐち》や襟元《えりもと》から冷たい風が忍び込み、珠は思わず身をすくませる。

「もうし」

声が、かけられた。か細い女の声だった。

足を止めた珠は周囲を見回し、その人を見つける。

橙《だいだい》の夕焼けは既に沈み、あたりは紫からどろりとした重みを伴う夜の黒に変わろうとしている。

そのあわいの闇に紛れるように、着物姿の女が立っていた。

うつむきがちでざんばらの髪が影となっており、顔は見えない。しかし、何かを腕に抱いているようである。

「どうかされましたか」

珠が問いかけると、女は体を動かすことさえおっくうそうにゆっくりと顔を上げた。

それでもあたりが暗いせいでどのような表情かはわからない。ただ、かさついた肌が垣間見えた。

「どうか、ほんの少し。この子を抱いていていただけませんか」

女はそう言うと、腕の中の布の包みを差し出してきた。大きさからして赤子だろうか。

目の前の女はずいぶん具合が悪そうに思える。

珠は少し悩んだ。今は仕事中である。道を回らなければならないが、夜になるまでに回ればよい。

何より頼まれたのだから、と珠は頷《うなず》いた。

「少しの間でしたら、かまいませんよ」

珠は腕を伸ばして、女からそっと布包みを受け取る。思っていたよりも、ずっしりと重みを腕に感じた。

ほとり、と珠の手に雫《しずく》が落ちた。

「ごめんね」

え、と顔を上げようとした時、破砕音と共に衝撃を感じた。

珠が持っていた巾着がはじけ飛んだのだ。あまりの衝撃に珠は巾着紐《ひも》を取り落とす。すると、緩んだ巾着の口から焼け焦げた札が覗《のぞ》いていた。

何が起きたか分からなかった珠だったが、さらに腕に抱えた布包みから、ぽとりと何かが落ちた。暗がりでも分かった。ごろごろと地面を転がったそれは、赤子の嘆きの顔が彫られた石だ。

くしゃくしゃにゆがめられた顔が真に迫っていて、珠は驚いて布包みを取り落とす。

びょうと風が吹く。

鋭く空気を裂くような音を立てたのは、眼前の女から生える翼だった。

縫われて居なかった着物の袖口から露《あら》わになっているその翼には、鳥のような羽がずらりと連なっている。

ばさりとまた一つ羽ばたいた風で、ざんばらの髪に隠されていた女の顔が露わになった。赤く腫《は》れ上がった目元に、かさついた唇をしたその顔は、まるで泣いているかのような悲痛さを帯びていた。

敵意でもなく、喜びでもない。予想外のそれではあったが、この妖怪《ようかい》が今回の誘拐犯で間違いないだろう。ならば珠の役割は終わった。後は追ってきている筈《はず》の軍人に知らせなければ。

しかし珠が後ずさると同時に女が飛び上がる。その足は鋭いかぎ爪だ。

女はそのまま、逃げようとした珠の肩をかぎ爪でつかもうと迫った。

その動作は恐ろしく速い。まるで猛禽《もうきん》が獲物を狩るようなそれを、珠はよけることが出来ない。このまま、生きながらに喰《く》われて、死ぬのだろうか。

痛くないと良いとぼんやり考えて。ふ、と閉じたまぶたの内に銀市の顔が浮かんだ。

珠が戸惑い目を開けると、猛禽のかぎ爪が珠の肩を捕らえようとする。

傍らの屋根塀から鋭く飛び降りてくる影が、女に体当たりを仕掛けた。

なんとか転ばず踏ん張った珠は、その獣をぽかんと見る。

優美な三毛猫だった。しかし大きい。

珠が四つん這《ば》いになった程はある。その猫の尻尾は二股《ふたまた》に割けていた。

『助けられた借りは返すわよっ！』

瑠璃子の声で叫んだ大猫は、地面に降り立つなり力強く地を蹴《け》る。

吹き飛ばされた女だったが、塀の壁を足場に方向転換をし、再び珠を狙おうとしていた。

しかし瑠璃子がすかさず割って入り、今度は爪を振り抜く。

顔をひっかかれた鳥の女が一瞬怯《ひる》んだ隙をつき、瑠璃子は女を地面にたたき落とした。

瑠璃子はそのまま鳥の女の上に乗り上げ、全体重をかけもがく鳥の女を押さえ込む。

めまぐるしい攻防を呆然《ぼうぜん》と眺める珠だったが、いつの間にか、銀市が傍らに立っていた。

いつものマントを肩に引っかけた銀市は、暴れて飛び立とうとする女をひたと見据えて呼びかけた。

「姑獲鳥《うぶめ》、そこまでだ」

厳然とした、覇気のある声に、珠は背筋に悪寒が走る。すべてを圧倒するような逆らうことなど許さぬと支配するような声だ。

それは女──姑獲鳥も同じだったようだ。びくっと体を大きく震わせ硬直した。

しかし次の瞬間、瑠璃子をはね飛ばして翼を広げる。

空へと逃げようとした姑獲鳥だったが、民家の屋根ほどにまで上がったところで、鋭い警笛の音が響きわたった。

とたん四方から縄が飛び、姑獲鳥の翼に絡む。

「確保！」

御堂の声が響いた。

瞬間、様々な服装をした男達が駆け寄ってきて、失速して地に落ちる姑獲鳥をたちまち拘束していった。その中にはすれ違った覚えのある棒手振りや郵便局員までいて、珠は彼らが軍人だったことに驚く。

姑獲鳥は地面に落ちた衝撃で意識を失っているのか、されるがままだ。

完全に無力化していると思えたが、御堂は厳しい表情を崩さないまま部下に指示を出していた。

「翼は傷つけないように。だが女に見えても常人より力が強いことを忘れるな。縛符《ばくふ》をして布に包むのだ」

その言葉に、珠は彼らは余計に妖怪を傷つける意図はないのだと知って意外に思った。

さらに、今の表情を引き締めて、厳然たる声音で部下を使う御堂は、軍人の将校らしく様になっている。命令し慣れた者の威厳を感じさせた。

のだが、その背後から三毛の大猫が忍び寄っている。

あっと珠が声を上げた瞬間、大猫の瑠璃子は御堂を引き倒していた。

「うおわぁ!?　いた、いたたた！　これは瑠璃子さんですよね！　爪立てないでくだ、いったあぁ!?　あとスーツがぼろぼろになりま」

『体をひっかかないだけマシと思いなさい！　珠を巻き込んだ報いよ！』

ガリガリと太い爪で爪とぎをした瑠璃子が御堂の背中から下りる頃には、上等そうなスーツは見るも無惨に裂けていた。

よろよろと起き上がった御堂はスーツの状態に気づいたのだろう、哀愁を漂わせている。

容赦の無い報復に珠があっけにとられていると、大猫の瑠璃子はのびをして銀市と珠を見上げた。その瞳《ひとみ》は暗がりでも美しい瑠璃色《るりいろ》をしている。

『気も済んだし、着替えるから先帰るわよ。あんまりこの姿、さらしたくないの』

「ご苦労だったな、瑠璃子」

「あ、ありがとうございました」

銀市がねぎらい、珠が頭を下げると、瑠璃子はその姿を躍動させて宵闇に消えていった。

彼女の本性には驚いたが、それでも人の彼女と変わらず優美な姿だった。

暗がりの中でも姑獲鳥との攻防のすさまじさを見ていた珠は、今更ながら血が巡って来たように体が熱くなっているのを感じた。

怖い、というのはやはりよくわからなかったが、なぜ、姑獲鳥に囚《とら》われかける一瞬、銀市の顔が浮かんだのだろう。役目を果たせたときの安堵《あんど》とはまた違った思いを胸に抱いていたような気がして、もやもやとしこりのように残っていた。

とはいえ、誘拐の犯人である姑獲鳥は捕まった。

これで終わりなのだ、と珠は安堵していたのだが、銀市は険しい顔で考え込んでいた。

「姑獲鳥は子を攫《さら》う妖《あやかし》のはずだ。娘を狙うことはないはず。つまりは……」

「旦那様《だんなさま》？」

不思議に思った珠が声をかければ、銀市はふ、と我に返ったように顔を上げる。

そのときには険しい色は無く、ただ穏やかな労《いたわ》りがあるだけだ。

「怪我はないか」

「大丈夫です。あのお札が焦げていたのは驚きましたが、瑠璃子さんに守って頂きましたから」

軽く目を見開いた銀市に、札が破れた時の状況を訊《たず》ねられたために話すと、銀市は今まさに回収されて行く石の赤子を見つめた。

「おそらく、あの石の赤子に呪《しゅ》がかけられていたのだろう。あれを持たされた途端、体が拘束されていた筈だ。呪に反応して札が身代わりになったのだと思う。……まあ話を聞くに、札を懐に入れておかなくて良かったなと思うがな」

「で、ですが、札は焼けてましたのに、他の物は燃えていなくてびっくりしました」

「そうでなくては、守り札の意味がないぞ」

苦笑しながら応じる銀市に、気になることがあった珠は、そわそわと落ち着かない気分で聞いてみた。

「……あの、私は、お役に立ちましたか」

「ああ、良くやった」

銀市の柔らかなねぎらいに、珠の肩から力が抜けた。

これできっと大丈夫だ。お役目は果たせたのだから。

胸に手を当てて息をついた珠だったが、ふ、と気付くと銀市に見つめられていた。またざわざわと落ち着かない気分になった。なんだか目を合わせられず、珠はそっとうつむく。

そのため、銀市が一瞬、傷ついたような表情を浮かべていたことには気付かなかった。

心を落ち着けた珠が再び顔を上げると、銀市は普段と変わらぬ様子でただ珠に告げた。

「俺は少し気になることがあるから調べてくる。すまないが待っていてくれ」

「でしたらここもそれほど遠くはありませんし、一人で歩いて帰ります」

最近は家鳴り達も食事の支度を覚え始めていたが、やはり仕上げには不安が残る。

これほど早く終わるとは思っていなかったために、彼らにすべてを頼んであったが、おいしいご飯のためにも先に帰れるのなら帰りたかった。

他にも銀市が帰ってすぐ、風呂《ふろ》に入れるように準備もしたい。彼はかなりの風呂好きなのだ。ここから銀古までは歩いて一時間もかからないのだから、十分準備は出来るはずだった。

しかし銀市が難色を示した。

「それなら御堂に送らせよう」

「えっ、いえ、そこまでしていただく必要は」

「いいや、念のためだ。――御堂、彼女を送ってくれ」

しかし銀市がさっさと御堂を呼んでしまったため、珠は断る機会を逸してしまう。

背中が裂けたジャケットのまま部下に指示を出していた御堂は、全く気を悪くした様子はなく、部下を制して当然のように応じた。

「車で良いかい。思ったより早く片付いたから、呼び寄せるのに少し時間がかかるけど」

「ああ、かまわん。だが銀古の中に入る時まできちんと見送ってくれ」

「分かったよ。珠嬢こっちだ」

こうなってしまえば、雇い主の意向である。

そうして珠は御堂に促され、銀市が姑獲鳥のほうへゆくのと別れた。

＊

とっぷりと日が暮れる中、珠と御堂は電気の街灯の下で迎えの車が来るのを待つ。

家々から漏れる明かりもそう多くはないため、真っ暗に沈む中で煌々《こうこう》と灯《とも》る電気の街灯はとても目立つ。目印にちょうど良かった。

くしゅん、と御堂がくしゃみをする。

「あの、お寒ければ羽織をお貸ししましょうか」

「いやいや良いよ。君が寒いだろう。女の子は体を冷やしちゃいけないよ」

珠が半分脱ぎつつ問いかけると、御堂に手で制された。女物など着られるものか、と言われることも考慮していたが、御堂の表情は少なくとも気分を害したものではない。

「そもそも君に上着を借りたことが瑠璃子さんにばれたら、今度は軍服で爪を研がれるからね」

冗談交じりに言われたが、御堂の目には少々おびえがにじんでいる。珠も瑠璃子ならやりかねないと納得して羽織を着直した。

そのまま、しばし沈黙が過ぎていく。女中仕事の時は何時間も黙ったままで居ることもあったため、珠にとってはそう苦なことではない。

「ねえ珠嬢、どうして今回のおとり役をやってくれたんだい」

ふと、今度は御堂が話しかけて来た。

珠がきょとんとして見上げると、彼の眼鏡の奥に今までの軟派な雰囲気はみじんもない。

そして困惑の色があるように思えて、珠は少々心配になってしまった。

御堂の言葉に、珠はもう一度考えてみる。

銀市の役に立つからだと思っていたのだが、そのほかにも少しあった。

「あの、女中はとても立場が弱くて。居なくなっても、心配されるより悪く言われることのほうが多いのです。だから原因が別にあって、それを捕まえるために私が必要なのでしたら、頑張りたかったんです」

「そう、かい」

少し目を見張った御堂に、何か想いが巡っているような気がした。

しかし、珠は最後に見た姑獲鳥の表情を思い出していた。石の赤子を抱いたとき、手に落ちたあれは、

「涙……」

「なにか言ったかい」

「あ、いえ何でも」

声が出ていたことに気づいて、珠は取り繕ったがやはりもやもやは消えない。

どうしてあんなに悲しげな表情だったのか。なぜ娘を誘拐していたのか。あの妖にもなにか事情があったのかもしれないが、珠が知ることはないだろう。

それでもぼんやりと考えていると、御堂の視線を感じた。彼は銀市よりは低いものの、それなりに背の高い部類に入る。

「珠嬢、ごめんよ」

「えっ」

謝罪された珠は、ぽかんと御堂を見上げた。

眉尻《まゆじり》を下げる彼は、心の底から申し訳なく思っているように見えた。

「はじめは、君があの場所に居着いてしまわないように、牽制《けんせい》しようとしただけなんだ。おとり云々《うんぬん》も君を威圧しておびえてもらうだけのつもりだったんだよ。まさか、引き受けてくれるとは思っていなかったんだ」

あの場所、というのは口入れ屋銀古のことだろう。

つまり、珠が薄々感じていたことは間違っていなかったようだ。

「ああ、やはり御堂様は私のことがお嫌いでしたか」

珠が納得していると、御堂がぎょっとしていた。

「君はものすごい率直だね。いや、嫌いと言うよりは、君が銀市のそばに居ることが心配だったという感じだけど」

「私が旦那様に色仕掛けで取り入ろうとする、ふしだらなあばずれかもしれないと考えていらっしゃったのですね」

「まったく違うしなんで君そんなに自分を卑下するんだい!?」

すべて勤め先でかけられた嫌疑だったのだが。

珠がきょとんとしていると、御堂はこほんと咳払《せきばら》いをしつつ決まり悪そうに続けた。

「僕は、銀市とは新兵だった頃からのつきあいなんだ。ずっと面倒を見てくれていてさ、友人だと認めてくれたことも嬉《うれ》しかった。彼は人間に味方してくれるし人間と生きようとしてくれる。だから彼が引きずられてしまうのなら、何をしてでも引き戻すのが僕の役割だと思っているんだ」

「ええと、なんの話でしょうか」

懐かしそうに言う御堂の言葉がよく分からず、珠が首をかしげていると、彼はどう解釈したのかあっさりと言った。

「故郷では贄《にえ》として育てられていたんだろう。……ああ、君の来歴は調べさせて貰《もら》ったんだよ。これも僕の仕事の一つだからね」

そう言う御堂の顔に、一切罪悪感は見えない。

「そう育てられた子供は、妖怪《ようかい》にとってひどく魅力的に映るらしいからね。半妖にどれくらい効力があるのかは分からないけど、できる限り可能性はつぶしておきたかったんだ。僕は彼に人間で居て欲しいからさ」

己の出自を知られていたことに動揺した珠だったが、さらに続けられた言葉にこくりと、つばを飲み込んだ。なにか違和があった。嫌な予感がした。

だがしかし、御堂は気づかず苦笑しながら続けた。

「でもまあ、瑠璃子さんを見てると、反応は妖怪それぞれみたいだ。人食いの性《さが》がない限りは大丈夫なのかもしれないね。いやもう銀市には怒られちゃったからさあ。あんな殺気に当たったのもう十年ぶりだよ。彼が懐に入れてまで人間を気にかけることがなかったから、もしかしてと思ってしまったり」

「あの、はんよう、とはなんでしょう」

こらえきれずに珠が声を上げると、御堂はぴたりと口を閉ざした。

珠の心はざわざわと落ち着かない。

表情を真面目に引き締めた御堂が、ゆっくりと答えた。

「半妖は人と妖《あやかし》が混ざった存在のことだ。半分の妖と書く。たいていは間に生まれた子供のことをさしてね。妖怪であり人間なんだ。両方の性質を宿しているせいか不安定で、生き残る確率はごく低い」

「それで、どなたが半妖なのですか」

「銀市だよ。……知らなかったのかい」

知りませんでした。

珠のその言葉は声にならなかった。

心のどこかでは、納得している。人なのになぜ妖相手の相談や口入れ屋を開いているかといえば、半分は同じものだったからなのだ。

にもかかわらず、ど、ど、ど、と心臓が嫌な風に脈打っていた。

指先が冷たい。なぜ、自分はこんなにも衝撃をうけているのだろう。

そうだ、「もしかして」と言われて、村での日々を思い出してしまったのだ。

己は神に捧《ささ》げられるために過ごしていたし、帝都で出会った妖に「おいしそう」と称されることも少なくはなかった。だから珠は、自分が妖にとってひどく魅力的に映るのだと自覚はある。

それでも銀市は珠を受け入れてくれて、仕事を探し出すまで銀古で働くよう言ってくれた。ありがたかったし、嬉しかった。でもその厚意の理由がずっと疑問だった。

だがそれを聞いて、一つの理由が浮かぶのだ。

御堂の言う「もしかして」は。

珠を食べるために置いていたということかもしれない。

「珠嬢」

は、と我に返ると、御堂が困惑した表情でのぞき込んでいた。その背後には電灯をともした車がきている。

このままだと銀古に帰ることになる。自然、足は後ろに下がっていた。

「御堂様、私、やっぱり一人で帰ります」

「あ、ねえ珠嬢！　待ってて っ」

慌てる御堂から距離を取った珠はそのまま、適当な路地に飛び込む。

なぜこんなに胸がきしむのか分からなかった。せめて、少し時間が欲しかった。

ほんとうに、それだけだった。

珠は走って暗い路地を抜けた先で、それを聞く。

「珠さん」

聞き覚えのある男の声に、珠は立ち止まった。

顔を上げると、道の先にはなぜか上等なスリーピースを着込んだ老紳士がいる。街灯の光が届かないためわかりにくいが、声でわかった。

なぜ、ここに居るのだろう。


「三好、様？」

珠が上がった息をなだめながらも呼びかける。

ジジ……と電灯が不安定に揺れる中、暗がりに潜むように居た老紳士が、こつ、こつとステッキを使いながら近づいてきた。

「そんなに急いで、恐ろしい目に遭ったんだね。銀古から逃げてきたのかい」

「いえ、あの、その」

その言葉にまた動揺した珠だったが、なんとなく引っかかりを覚える。

何がと考えながらも珠は言葉をつむいだ。

「あの、三好様はなぜこちらに」

「君がひどい目にあっているんじゃないかと心配でね。案の定だった。あそこにはもう居られないだろう？　今からでもうちにきなさい」

以前も感じた三好の重く甘い香水の匂いが鼻をつく。

おかしい、どこがおかしいのだろう。

あ、と珠は気づいた。

「どうして私が、銀古という口入れ屋にお世話になっていることをご存じなのですか」

そう、珠は口入れ屋に世話になっているとは伝えたが、詳しい店名までは言っていない。

三好が知るはずのないことなのだ。

それに、ここで珠に出会うこともおかしい。名刺に書いてあった通りであれば、彼の屋敷は山の手のほうにある。にもかかわらずこの場にいるのは、三好が居合わせたのが偶然ではない証《あか》しだ。

珠が一歩後ずさろうとすると、三好の柔和な顔から表情がそげ落ちた。

「困るな」

今までの豊かさが嘘のように無機質な声と同時に、ずるり、と珠の足首になにかが巻き付いた。

とっさに振り払おうとしたが、あっという間にずるずると珠の体を這《は》い上がってくる。

しかもそれは、複数に増えていた。

ぞろり、ぞろり。

辺りが暗いせいで何が居るのかわからず珠は硬直したが、むっと感じた獣臭さに、ようやく気づく。これは、香水の匂いに紛れていたものだと。

くびもとに巻き付いてきたのは、ごわついた獣のそれ。

「やっと見つけられた君を、もう見失うわけにはいかないんだ。これのためにもね」

珠はいつの間にか、三好の首に巻き付いている細長くふさふさとした黄金色の何かを見た。ちかちかとする電灯の下で、それは狐に見えた。

首に巻き付いたものがぐ、と喉《のど》に食い込む。苦しさに指を入れようとして、巾着《きんちゃく》が地に落ちた。だがさらに締め付けは強くなり。

珠の意識は闇に溶け消えた。

第四章　生贄乙女と恩返し

珠《たま》が目が覚めると、体が沈み込むようなベッドに寝かされていた。

ベッドの四方には柱があり、天井からは白い薄布がドレープをつくりながら下りてきている。ベッドに合わせてか、室内は洋風の造りになっているようだ。壁には模様の入った壁紙が張られ、洋風の調度品が並んでおり、灯《とも》された明かりによってくっきりとした陰影を作っていた。

珠は、三好《みよし》によって拐《かどわ》かされたことまでは覚えている。首を絞められて死んではいなかったことに戸惑っていたが、鼻につく獣臭に反射的に眉《まゆ》を寄せた。

「気がついたかな」

そう、声をかけられて珠がのろりと首を巡らせれば、ちくりと首に痛みを覚える。

だが、ベッドから少し離れた一人がけのソファに、ゆったりとカップを傾ける三好がいた。ジャケットを脱いだ姿は、壮年を過ぎた男性とは思えないほどしっかりとした体格をしている。

「失神していただけだから、大したことはないとは思うが。手足がしびれるなど不都合はないかね。ちなみにここは私の屋敷の離れだ。こういった無粋な招き方になって残念に思っているよ」

三好は、珠に行った暴挙など忘れたかのように親しげにこちらを気遣った。その首には路地でも見た、蛇のような狐のような生き物がスカーフのように巻き付いている。

「その、生き物は」

ゆっくりと身を起こした珠が訊《たず》ねると、三好は片眉を上げた。

「なるほど、君はこれが見えるのだね。やはり本物というべきか」

感心したように言う三好は、首筋に巻き付くその生き物の頭を撫《な》でた。

「これは管狐《くだぎつね》と言ってね。私に憑《つ》いている化け物だ。命令を聞く下僕みたいなものだよ」

下僕、という無造作な言葉に、珠は驚きつつも慎重に言葉を紡いだ。

「どうして、私を拐かしたのですか。あの場で」

殺すことも出来たのに。珠がそう問いかければ、三好は軽く驚いた顔をした後、やんわりと微笑む。柔和で好々爺《こうこうや》にも見えるそれだったが、どこか不安を誘うものだった。

「血痕《けっこん》が残っていると警察はうるさいが、何もなければ女中が勤めを苦に失踪《しっそう》したと勝手に思ってくれるんだよ。ただ、姑獲鳥《うぶめ》を捕獲されてしまったから、また方法を考えなければならないねえ」

しみじみと言う三好の言葉に、姑獲鳥の泣き顔が焼き付いていた珠はまさかと思った。

「姑獲鳥を利用して、女中を攫《さら》わせていたのですか」

「この管《くだ》はなにぶん大食いなんだが、獲物を捕るのは得意じゃなくてね。姑獲鳥は子を奪えば簡単に従ってくれたさ。子なぞ、とうに管の腹の中だというのにね」

一切の感慨も湧かぬとでもいうように淡々と言う三好に、珠は背筋がぞくと、震えた。

その反応を確かめるように見つめていた三好は、そのまま続けた。

「それにしても君は冷静だね。贄《にえ》の子だっただけはあるのかな。妖異《ようい》慣れしている」

思わぬ単語に珠が目を見開く。

しかし三好はコーヒーカップをサイドテーブルに置くと、ゆるりと手を組み合わせた。

「今まで様々な娘がこの部屋に来たが、泣きもせず叫びもしない子は初めてだ。ああ、私が養女として迎えたり、愛人として囲ってくれたりすると勘違いしていたおめでたい娘も居たがね。正しく認識すると、勝手にわめき立てたものだ。たかだか女中の分際で、この私を責めるなんて笑ってしまう」

彼は、女学校や貧困層への寄付に熱心な篤志家であった筈《はず》だった。

しかし三好の吐き捨てるような物言いは、明らかに嘲弄《ちょうろう》が混じっている。珠は己の認識を少し修正する必要があると理解した。そして、今の言葉で大方のことを悟る。

「この部屋に血のにおいが染みついているのと、空気がよどんでいるのは。――攫った女中を、ここで管狐に捧《ささ》げていたからですか」

珠が指摘すると、三好は虚を衝《つ》かれたように瞬《まばた》いたが、ゆうるりと微笑する。

「捧げるなんて大仰だ。私はただ養ってやっただけだよ。卑しいこれらをね」

三好の周囲にまとわりつく闇が、より一層濃くなった。

「せっかくだから少し話をしようか。コーヒーでも飲むと良い」

甘く撫でるような声音だった。上機嫌にすら見える三好が立ち上がって、傍らにあるワゴンに手をかけようとする。

その瞬間、三好の影から複数の管狐が現れて、しゅるしゅると珠の居るベッドへと這い寄ってきた。狐のようにとがった顔は、その凶暴性を表すように醜い。

驚いた珠は、まだ鈍い体を動かしてベッドの頭の方へ逃げたが、管狐はたちまち足首に巻き付いて鋭い牙《きば》をむき出しにする。

だが冷然とした三好の声が響いた。

「私は許していない。下がれ」

命じ慣れた声に、管狐はぴたりと止まる。

しばらく珠の足首に巻き付いていたがしぶしぶと言った具合で引き下がった。それでもベッドの周囲で鎌首をもたげるのをやめることはない。

久々に感じるむき出しの悪意に、珠は無意識に後ずさった。

管狐に対しほんの少しいまいましさを覗《のぞ》かせた三好は、珠に言った。

「いつもはもう少し行儀が良いんだが。君を味見してこらえ性がなくなっているみたいだ。私にはわからないが、君は本当にこいつらにとってうまそうに見えるらしいね。こんなに浅ましいのはこいつらを養い始めた頃以来だよ」

珠は思い至って自分の首に手をやると、痛みを感じて傷があることを知る。

こっそりと窓がある方へ視線を向けると、三好の声が飛んできた。

「逃げてもかまわないが、使用人も私のことは薄々知っている。なにせあれらも私の恩恵を受けて生きているのだからね」

三好は平然ともう一つのカップにコーヒーを注ぐと、珠に差し出してきた。

「さあ珠さん。どうするかね。話を続けてみれば私の気が変わるかも知れないよ」

珠にはうすうすわかり始めていた。

彼は上に立つことに……踏みにじることに慣れた人間だ。言葉の表面だけで考えてはいけない。本当の意味はつまらない話をすれば、即座に気が変わって管狐をけしかける。そういうことだ。

珠は、やんわりとした笑みを浮かべる三好からカップとソーサーを受け取ると、一口飲んだ。初めて飲んだコーヒーは、苦くえぐみが舌に触ったが、喉を潤すために飲み込む。

カップをベッドサイドに置いた珠は息を吸った。

「その、管狐とは、どれくらいのおつきあいなのですか」

「なるほど。そこを聞くのかい」

不思議そうにした三好だったが、すぐに表情を戻した。

「まあ、私と君の境遇は似ていなくもないんだよ。君は神とかいうものが、私はこの化け物がいなければここに居なかったんだからね」

三好は管狐の一匹を撫でるが、珠には、彼の表情に愛情とも恨みともつかない複雑な思いがにじんでいるように見えた。

「私の家は古くから憑《つ》き物の家で、簡単に言うとこの化け物の力で財力や願いを叶《かな》えてきた一族だった。だがご一新が起きてねえ。もう時代に合わないからと、今代で終わりにしようとしていたのだよ。ゆっくりと細らせてこの管を殺そうとしていた。だが、故郷の人間どもは私の一族から恩恵を受けられないと分かったとたん、疎んで忌み嫌ってね」

言葉は淡々としているが、珠は三好の口調に、抑えきれず滴るような憎悪を感じた。

「盲目的な村人どもに私もずいぶんやられたが、その頃の私は純粋でねえ。父母の言いつけを守っていた。だがね、両親がはやり病にかかっても村人には食い物も分けてもらえず、医者には管憑きは診ないと門前払いを食らわされてね。苦しみ抜いて死んだ二人を見て、ふと思ったんだよ。なぜ力があるのに耐えねばならないのかと」

心から不思議そうに言った三好は、いっそ柔らかなまでの表情で続けた。

この老紳士の中ではもうすでに終わったことなのだと、悟る位には強固な声音だった。

「だからね、私は管を最大限利用することにした。管は私が命じれば何でもできるし何でもやる。三好養蚕の養子になるのも、会社を手に入れるのも時間はかからなかったよ。なにせ管は邪魔になる者はすべて排除できるからね。あとは簡単だ、民衆が必要なものを安く売れば良い。多少粗悪でも、流行で安ければ飛びつくものだからな」

珠はおぼろげながら、瑠璃子《るりこ》が三好養蚕のデザインを「好きじゃない」と言った意味がわかった気がした。

「私が望めば望むほど、管どもは元気になっていったよ。だから私は有り余る富と名声を手に入れた。だけど唯一困って居るのが、管が腹を減らしてしまうことなんだよ」

妖《あやかし》の名状しがたい生態というものを肌で知っている珠は、なんとなく納得してしまっていた。三好はまるで明日の朝食の献立でも話すように、おぞましいことを気楽に口にする。

「故郷から出てきた頃はそこらの獣や家禽《かきん》で十分だった。だが事業拡大のたびに足りなくなってきてね、最近では月に一度の娘でも飢えている。身寄りの無い女中を迎え入れたり、乞食《こじき》を見つけたりするのもそこそこ苦労するのだがね。別の妖怪《ようかい》どもを使って調達方法を変えても、噂が立ち始めている」

「夜ごと女中が失踪するお屋敷のことですか」

「おや君まで知っていたのかい？　こまったなあ」

ちっとも困っていない様子で、三好は、朗らかな表情でベッドに座り込む珠を見やった。

「だけどね、そんな中あの園遊会で君を見つけたんだよ。本当に驚いた。なにせ管達が一目散に君に襲いかかろうとしたんだからね。あの場で食い殺そうとするこいつらを抑えるのは苦労したよ」

「だから、その憑き物を使って、私に罪をなすりつけたのですね」

「君は疑われるしかない状況だったねえ。即興にしてはずいぶん良い舞台だったと思うよ。私の匂いがついたものなら管達はどこまでも追えるからね。名刺を渡す口実になった」

珠はコーヒーの香りでもごまかせない、鼻につく獣の臭いに囲まれながら三好を無言で見つめ返す。

彼の慣れた口ぶりから、何度も同じことを繰り返していたことが察せられた。

ただふいに、朗らかだった三好の表情がごっそり抜ける。

「だが、あれだけ手をかけてやったにもかかわらず、君は私のところには来なかった。しかも名刺の匂いもたどれない。あれだけ執着していた君を管どもが完全に見失うのははじめてだ。あの店はなんだね」

「それを聞いて、どうなさるのです」

なんとなく、言いたくなくて珠が問い返したが、三好は気分を害した風もなくあっさりと答える。

「今のうちに潰《つぶ》しておかなければと思ってね。今回の姑獲鳥を捕まえた軍の連中もだ。こういうときばかりは、軍部につなぎを作っておいて良かったと思うよ」

その、言葉に珠はさあと、青ざめた。

三好は己の道を阻む者を排除することに何ら呵責《かしやく》を覚えていない。三好養蚕がどれほど大きな会社か、どれほど力を持っているか珠に把握できている訳ではない。だがこのままでは、あの銀古《ぎんこ》が三好の手によって害される。

手を握りしめて沈黙する珠に、三好が微笑んだ。

「君が、管の贄になれば助けられるよ」

いっそ優しささすら感じられるその声音に珠が顔を上げると、ソファから立ち上がった三好は、ベッドをきしませながら珠のかたわらに座った。

「捜している間に君の故郷のことを調べたよ。君も化け物に人生を狂わされ、にもかかわらず人間に疎まれ、翻弄《ほんろう》されたのだろう。――それなら、一度でも思わなかったかい。課せられた役目を全うする方が良かったのではないかと」

三好にのぞき込むようにされた珠の耳に、その言葉が滑り込んでくる。

珠は、神と恐れていた蛇が死んで以降、村や実家の凋落《ちようらく》ぶりを見つめていた。家族に責められるたびに、恨みがましい目で見られるたびに珠の居場所がここにはないことを思い知らされた。

「君は、生贄《いけにえ》の子供として育てられたのだろう。使命を果たせていたらと、思ったことはいのかと。

ないかい」

逃げるように帝都に来て、職場を転々とするたびに考えていた。

珠が役目を果たしてあの蛇に喰《く》われていたら、平穏でいられる人間は多かったのではないのかと。

村はしばらく平和だっただろう。珠も村人に贄としてたたえられたかも知れない。

その事実を改めて突きつけられ、きゅと両手を握る珠に、三好はベッドをきしませて身を乗り出しささやいた。頑是ない幼子に言い聞かせるような優しい声音だ。

「生贄として育てられた君には、妖が神にいたれるほどの滋養があるらしい。現に、君の血を数滴嘗《な》めただけで、管が一匹復活したのだよ。そうでなくとも、君が管達にその身を捧げれば、あの口入れ屋は救われるよ。何も知らない女中達が犠牲になることは一年、いや十年はなくなるだろう」

「私が、お役目を、果たせば？」

「ああそうだ。君は役に立つ」

かすれた声で珠がつぶやくのに、三好は力強く頼もしげにうなずく。

そして珠の頬に手を伸ばして、そっと撫《な》でた。

「私には君が必要なんだよ」

願われている。

それも、良いのかも知れない。珠はぼんやりと考えた。

生贄にされなかったとき、自分の存在は何だったのかと途方に暮れた。

神がいなくなってしまったのなら、誰に食べてもらえば良いのだろうと。贄として必要とされないのであれば、自分は何のためにここにいるのだろうと。

必要とされないのならば、誰かの願いを叶えなければならないと、言われるがまま仕事を受けてきた。

そして今、珠は明確に望まれている。さらに銀古を守るためにこの身を捧げられるのだ。これを叶えて終わりにするのも、良いのではないか。

なのに、珠の声はのどに詰まる。なぜだろう。なぜ。

村にいた時と同じように、なにも考えず是と、応《こた》えれば良いだけなのに。胸が痛い、苦しい。

珠が思わず胸を押さえると、着物のあわせから、ほろりと何かが落ちた。

音もなくシーツに転がったのは、牡丹《ぼたん》の細工も鮮やかな飾り櫛《ぐし》だった。

「あ……」

歯が欠けてしまっている。その理由は。

珠の脳裏にあの手の主と、銀市《ぎんいち》の言葉がよぎっていった。

三好がいぶかしそうに櫛を見やる中で、その櫛を大事に拾った珠は顔を上げる。

「ご遠慮、申し上げます」

声は震えていた。しかし迷いはあれど確固とした否定だった。

すう、と三好の目がすがめられる中で、珠は思い出していた。

あの撫でてくれた手は、確かに珠の幸福を願ってくれた。だから珠はここに居る。

そしてあの夜。銀市は言った。

『何かを知りたいと願う、意思の宿った顔だ。──俺は好ましいと思う』

「そうです。そうだったのです」

もやが氷解した珠が晴れやかな気分で頷《うなず》いていると、不快そうに三好が眉を顰めた。

「……私の聞き間違いかな？」

「いいえ、間違えておりません。嫌だとお答えいたしました」

珠はもう一度言い切った。しかし、指先が震えている。本当にこの選択で良いのか、銀古に迷惑がかからないか不安で仕方がない。それでも、言わなければならなかった。

「私の幸福を望んでくれるかたが居ました。だから私は私のために生きます」

きっと、銀古に奉公する前だったら、うなずいていただろう。

だが、珠が出会った妖怪達も銀市も、珠に望みを言ってはくれなかった。ただ好きなようにしろと態度で示すだけだった。途方に暮れたはずなのに、望まれないのなら意味がないのに。珠はいつの間にかそれが心地よいと思っていたのだ。

銀市の真意はわからない。まだうまく飲み下せていない。

しかし珠はまだ本人に聞いた訳ではない。なにせ妖怪達は聞かなければ答えてくれないのだとあの場所で知った。

ならば、直接聞かなければ。

「それに私がどう答えようと、管狐に食べさせて、銀古を害するつもりでしたでしょう」

珠が言うと、三好のこめかみがぴくりと引きつったが、すぐに悠然とした態度に戻った。

「誰かが助けに来るとでも思っているのかな。もう、あの店には今居る管の半分を送り込んでいる。店主も従業員も管の糧になっているよ」

すでに窓の外は真っ暗だ。あれからどれほど時が経っているかはわからないが、銀市が店に帰っている可能性は高い。狂骨《きょうこつ》や瓶長《かめおさ》、天井吊《つ》りや家鳴りたちが脳裏をよぎり、珠は表情をこわばらせた。

珠の様子に哀れみのまなざしを向けた三好は、ベッドから立ち上がった。

「君は今までの女中よりは聡明《そうめい》だったようだが、しょせんは女だ。誰に顧みられることもなく、管にゆっくりと生きながら喰われるだけだよ。あとは私に任せなさい」

管狐たちが醜悪な顔を食欲にゆがめながら、その細い体をくねらせて珠へとじりじりと迫ってくる。

知っている。珠は見えるだけのただの娘だ。逃れることはできないだろう。

しかし満足していた。つたないながらも、己の意思を示して逝けるのだから。

「行け」

三好の一言で、管狐が一斉に珠に襲いかかる。

ああでもどうせ、喰われるのなら……

今、自分は何を考えていたか。珠が我に返った時、華やかな緋色《ひいろ》が広がった。

どこから？　己が握りしめる櫛からだ。

珠が目を見開く中、櫛からぬばたまの黒髪と緋色だけでなく、紅、薄紅、深緋《ふかひ》など美しい花弁の牡丹が咲き誇る。

それが打ち掛けの柄だと気づいたとたん、ベッドには艶《つや》やかなそれを纏《まと》った女がいた。うねるように長いぬばたまの髪は、よく見ると片側だけ短く非対称になっている。それがいびつで不安定な美しさを強調していた。

その女が、珠を振り返った。

「よう言うた、珠よ」

珠はこの声を知っている。

贄に捧《ささ》げられる前夜、珠をいたわってくれた櫛の精の声だ。

振り返った女の顔は、泣きそうにゆがみながらも、嬉《うれ》しそうに微笑んでいた。

牡丹の華やかな色が広がったとたん、管狐はなにかに弾《はじ》かれたように吹っ飛ぶ。

きゅうと、獣の痛がるような鳴き声が響く中、異変に気づいた三好が立ち尽くしていた。

「なんだ、その女はっ」

「さあ、聞きたいことはあろうが、走るが良い。ここは妾《わらわ》がなんとかしてみせるゆえ」

珠をかばうように抱きかかえた女は滑るようにベッドから降りると、珠の背を押した。

たたらをふんだ珠だったが、押された背中の熱さに浮かされるように扉へと走り出す。

「っ待て！」

三好が険しい顔で珠へ手を伸ばすが、女が滑るように分け入れば跳ねかえされた。

指をかばう三好の隣をすり抜けて、扉を開けた珠は廊下へ飛び出した。

部屋と同じように広々とした廊下もまた、洋風の造りとなっている。床は板張りで、足《た》袋《び》に包まれた珠の足先からひんやりと冷気を運んできた。

道順はわからない。だが、三好はここを離れだと言っていた。ならばそれほど複雑な構造にはなっていないはず。

廊下には洋風の電灯が灯《とも》り視界には困らなかったが、窓はすべて鎧戸《よろいど》が閉められており、簡単には開きそうにない。

このような邸宅の離れには、玄関口や勝手口があるはずだ。

珠は身を翻したが、しかし獣の匂いが追いすがってくる。

珠の視界に管狐の細い体が映るが、ふわと鮮やかな牡丹の打ち掛けが翻った。

とたん、犬のような甲高い鳴き声が響く。

また女が阻んでくれたのだと気づいたが、珠の手元でぱきん、と乾いた音がした。

え、と見れば、櫛の歯が一本欠けていた。

傍らを滑るように移動する女を見上げると、切れたぬばたまの髪が舞い散っている。

しかし、女は気にした風もない。

「足を止めるでないぞ。もう、そなたは止まらぬで良いのだ」

愕然《がくぜん》と足を止めかけた珠を咎《とが》めるように女は言う。

「でも、あなたはっ」

「妾は嬉しいのだ。こうしてそなたの続きを見ることができるのが。しかもこうして表で守ることができる」

女がするりと珠の頬を撫でる仕草は、不器用ながら愛《いと》おしみがにじむもので。

珠にははっきりと分かった。彼女が珠を守るためにすべてをかけていると。

「あっ……」

珠が何かを言う前に、女はうっとりと微笑んだ。

「さあ、幸せにおなり。最後の珠」

女は牡丹の打ち掛けを翻して管狐に立ちはだかる。

珠は、それに背を向け走り出した。

ああそうか、歯が欠けていたのはそういうことなのかと唇をかみしめた。

走ることに慣れていない珠の息はたちまち上がり、心臓が痛いくらい脈打っている。だがそれよりも心が煮えているように熱かった。痛かった。苦しかった。

こんな激情を知らない。こころに痛みが走る感情を知らない。

体は熱いのに、体が凍えるように震えていた。

後ろから管狐の悲鳴が響くたびに、手の中の櫛の歯が欠ける感触がする。ぎゅっと握りしめたいのをこらえた。

ずっとそばに居てくれた。やっと出会えた。ちゃんといてくれた。喜びたかった。

だが、振り返ることすら許されない。くずれ落ちてしまいそうになる足に、珠は必死に力を込める。

ああ、これが怖いと言うことか。珠は初めて思い知った気がした。

珠があの場に残っても、彼女の足手まといになるだけだ。

立ち止まってはいけない。案じる暇があったら逃げなければ、いけない。

少しでも遠くに、彼女がもう盾とならなくてすむように。

珠は自分の荒れ狂うような感情に翻弄《ほんろう》されながらも、洋灯で照らされる廊下の突き当たりを曲がった先に、ようやく玄関扉を見つけた。

これで、彼女が盾になる必要は無くなる。

珠はその重厚な扉へ体当たりするようにすがり、ノブを回そうとする。

だが、拒絶の固い感触が返ってくるだけだった。

鍵《かぎ》がかかっている。とっさに内側の鍵を探したが、鍵穴があるのみで内鍵のつまみはなかった。

珠がざっと血の気を引かせたとたん、足首に柔らかくも生暖かいものが巻き付いた。

強く引かれて転び、板張りの床に強く体を打ち付けた。

足を見ると、複数匹の管狐が愉悦に牙《きば》をむきだして這《は》い上がってこようとしている。

とっさに管狐を手で払っても、すぐに手首や足首に巻き付かれ押さえ込まれた。

そして熱を持つほど強く絞られ、苦悶《くもん》のうめきをこらえる。

それでも珠は、あの牡丹の女を捜して首を巡らせると、珠が逃げてきた廊下の奥から、管狐によって女が無造作に投げ出された。髪はざんばらに切れ落ち、ぐったりとしている。

間に合わなかった。

「あ、あ……」

「さすがに、見える娘は違うということかな。こんな隠し球を持っていたとはね」

廊下の突き当たりから三好がゆっくりと現れる。

表情にはかすかな苛立《いらだ》ちがあったが、それでも余裕は失われていなかった。片手で見せつけるようにぶら下げているのは、鍵の束だ。

「こんなこともあるかと思って、ここの鍵はすべて私が持っているんだよ」

悠然とした三好は、もはや本性を隠す気は毛頭ないようで、獲物をなぶる管狐と同じ、嗜虐《しぎゃく》の愉悦をしたたらせていた。

食べられてしまう。管狐に。自分が拒絶したものに。

ぎりぎりと、痛いほど管狐が締め付けて来るのを感じながら、珠は怯《おび》える心のままに叫んでいた。

「い、嫌……嫌です。私は、生きていたい……！」

どん、とすさまじい音が響く。

突風が吹きすさび珠に木片が降り注いだ。珠はなにが起こったか分からない中でも顔をかばう。

と、なじみ深い紫煙の香りと共に抱き起こす手があった。

いつの間にか、管狐の拘束はなくなっていた。

「珠、大丈夫か」

その声に顔を上げた珠は目を丸くする。

ほろりと、にじんだ涙が頬を伝う。

珠を抱き上げていたのは、管狐に襲われたはずの銀市だった。

着物にマントを羽織った姿は変わらない。だが、廊下に灯った淡い電灯の中で彼の髪は滝の飛沫《しぶき》のような銀色に輝き、その瞳《ひとみ》も金に染まり蛇のように瞳孔《どうこう》が縦長になっている。

何より顕著なのは、顔や珠を抱きとめる手に銀の鱗《うろこ》が浮かんでいることだ。

それにより銀市の端整な顔立ちがより強調され、浮き世離れした気配を醸し出していた。

まるで人ではないように。

「だんな、さま……？」

「ああ……遅くなったな、すまない」

戸惑いがちに呼びかけた珠はその言葉に、衝動的に銀市の着物にすがりつく。

「ご無事で何よりでした……！」

「それは、俺の台詞《せりふ》なんだが」

珠を抱きとめた銀市だったが、少し眉間《みけん》にしわを寄せる。首筋の傷が目に入ったからだ。

何より珠の乱れた着物や弾む息、そして涙に濡《ぬ》れる頰は、言葉で語られるよりも雄弁だった。しかし、彼女の態度が己が予想していたものとは少し違い困惑していた。

「俺に触れて良いのか。俺が半妖だと御堂《みどう》が話したのだろう」

「でも、それでも旦那《だんな》様が生きてらっしゃったことが嬉しくてっ……」

銀市の言葉にようやく思い出した珠だったが、それでもきしむほど痛い喜びと安堵《あんど》は変わらなかった。

次々に涙をこぼす珠を前に銀市が何かを言いかけたが、ふと華やかな香りが漂い、二人は顔を上げる。

そこには髪が乱雑に短くなった女が、疲れもあらわにたたずんでいた。

「そなた様は、遅いぞ……」

「貴姫《きひめ》、待たせた。休め」

銀市と牡丹《ぼたん》の女に面識があることを悟った珠だったが、詳しく聞く前に牡丹の女はほう、と息をついて虚空へ溶け消えた。

案じた珠だったが、なくさないように、大事に櫛《くし》を懐へしまう。

「ひとの家に勝手に上がり込むとは、不作法にもほどがある」

三好の言葉が響いたことで、銀市は立たせた珠をマントの内側に囲い対峙《たいじ》する。

厳しくこちらをにらむ三好は、未《いま》だに大量の管狐に囲まれており、悠然とした態度はくずれていなかった。

だがそれは銀市も同じだ。すがりつく珠を片腕に囲いながら、銀市は声を上げた。

「はじめてお目にかかるな、三好和彦《かずひこ》。俺は口入れ屋銀古の主人兼、陸軍特異事案対策部隊の外部顧問……つまりは相談役だ」

「がいぶこもん？」

初耳の役職に珠がつい聞き返せば、白銀の銀市は金の目を不本意そうにすがめた。

「本当はすべて手を引きたかったんだがな。御堂にだだをこねられてこの有様だ」

だから、御堂は銀市と親しげだったのか、と珠は理解が及んでいたのだが、対して三好は忌ま忌ましそうに眉《まゆ》を顰《ひそ》めた。

「聞いたことがある。今の政府が立てられたときに、人に仇《あだ》なす魑魅魍魎《ちみもうりょう》、悪鬼羅刹《らせつ》を滅し封じる部署が作られた、と。怪異を根絶するために容赦なく妖《あやかし》どもを狩っていたと聞いていたが、まだ残っていたとはね」

「若干事実と違うな。俺たちは世に仇なす怪異も狩るが、妖異《ようい》を用いて世に騒乱をまく人間も狩っている」

淡々と述べた銀市を、三好は鼻で笑った。

「若造がずいぶん大口を叩《たた》く。世の中は変わったんだ。今では華族も軍人も政治家も金で動かせる。外部顧問と言ってもたかが軍の一部隊だ。何より私にはそれを信用させるだけの顔があるものでね。どうにでもできるんだよ」

それは本当のことなのだろう、と珠は銀市のマントを握りながら思った。

三好にはその言葉を裏付けるだけの財力も信用もある。篤志家という顔は強固だった。

だがしかし。く、と喉《のど》で笑う声が響く。笑ったのは銀市である。

それは常の銀市からは聞いたことのない、高圧的な嘲笑《ちょうしょう》だった。

珠はぎょっとしたが、おかしげにいっそ憐憫《れんびん》すらにじませるようなそれは、明らかに三好を取るに足らない者と見た反応だ。

三好が不快そうにする中、銀市は不意に笑いを収める。

「粋《いき》がるなよ、若造が」

ふ、と珠は風を頬に感じる。何が起きたかわからず戸惑っていたが。見ると銀市の片手に、身をよじる管狐が捕まえられていた。

銀市が管狐を持つ手に力を込めると、管狐はボロボロと霧散していった。

「気を引いている間に、俺を仕留めようとしたのだろう。手慣れてはいるが、この程度の小細工が通じると思っているなんざ片腹痛い」

「……っ」

銀市の言うとおりだったのだろう。

三好は舌打ちをすると、初めて警戒の色を浮かべた。その表情に、得体の知れないものに対する怯えが滲《にじ》んでいることに、自身では気づいていない。

黄金の眼で傲然《ごうぜん》と三好を睥睨《へいげい》する銀市は、珠が見たことがないものだった。

それでも三好は表面上は余裕を保ったまま言う。

「多少は対策をしてきているようだが、たかが一匹管が居なくなったところで」

「誰が一匹と言った」

銀市が呆《あき》れ混じりに言った瞬間、珠はぞわと背筋を這い上がる怖気《おぞけ》を感じだ。

しかし親しみのある空気の重みである。

銀市と珠の周りに、妖の者が集まり、こごった闇より姿を現していた。

『ヌシ様、向こうの管狐は終わったぞ』

珠はぐっと身を乗り出すのっぺりとしたものに、わずかに身を引く。だがその穏やかな声はあの僧形の川獺《かわうそ》だ。

「おじいさま？」

『おうおう大変だったのうお嬢さん』

くろぐろとしてのっぺりとした僧形は線のような目鼻でにいと笑ったと思えば、その隣には絢爛《けんらん》な花魁《おいらん》衣装を身に纏《まと》った骸骨《がいこつ》の女がいる。しゃなりしゃなりと、高下駄《げた》で外八文字を描く姿は、骸骨でありながらも、艶《つや》を帯びて婀娜《あだ》っぽかった。

『あたしもいるわよ』

その艶を帯びた声にも覚えがある。

「狂骨さんに、付喪神のみなさんまで……!? どうしてっ」

『これでも分かってくれるなんて。ほんとうに、居候ちゃんは愛《いと》おしいねえ』

表情のない骨の顔でもどこか嬉《うれ》しげにかたかたとあごを鳴らした狂骨の周囲には、銀古の従業員の妖を始め、客として訪れていた妖怪《ようかい》達が勢揃いしていたのだ。

そしてそんな彼らを従える銀市は、ひどくなじんでいた。

これほどの怪異を目にしたことがないのだろう、三好の顔が見る間に強張《こわば》る。

「な、にを。向こうは終わった、とは」

「単純だ。本邸に居た貴様が使役していた管狐を部下に処分させた。銀古に来ていたのも合わせれば六十か。使役できる管狐は七十五匹が限度であるのが通説だ。だとすると……」

珠は反射的に三好のそばでわだかまる管狐の数を数える。十五匹ほどだろうか。

そこで珠は、管狐たちが怯えて身を縮めていることに気づいた。

怯えているのは、銀市に対してだ。彼が現れてから、管狐はずっと怯えている。

使役できる管狐が減っていることに気がついた三好は一歩後ずさったが、それでも強張った声で言った。

「それで、私を捕まえるのかね？　ただの人間には私がなにをしたのか分からないというのに。たとえ訴えたとしても、私には社会的な信用がある。世間が味方するのは私だ」

「そうだな。貴様には管狐の使役による不正行為および女中失踪《しっそう》事件の嫌疑がかけられているが、表の法律で検挙するのは難しいだろう。――だが、俺は特に興味は無い」

「は」

ぽかんと間抜けな顔をする三好にかまわず、銀市は珠を引き寄せた。

突然の行動に、珠は思わず顔を赤らめる。しかし銀市は気にした風もなく三好に続けた。

「これは俺の従業員なものでな。返してもらいにきただけだ」

「それ、だけ？」

「ああ、それだけだ。邪魔したな」

銀市はそれだけ告げると、珠を抱えたままきびすを返した。

戸惑いながらも、銀市に促されるまま歩き始めた珠だったが、くつくつと引きつった笑い声が響き渡った。

それはすぐに哄笑《こうしょう》に変わり、廊下に不気味に反響する。

珠と銀市が振り返れば、声の主である三好が怒りと屈辱にどす黒く顔を染めていた。

そこにあるのはもはや篤志家として名の通った好々爺《こうこうや》の顔ではなく、欲を貫き通そうとした野心家の醜悪な本性がむき出しになった男の顔であった。

「ふざけるなよ化生風情が。人間が居なければ存在もできない輩《やから》が、この私に偉そうに吠《ほ》えるな！」

「そうか」

憎悪に似た叫びを上げる三好に、すでに銀市は興味を無くしたように淡々としている。

それがさらに三好を激高させた。

「おい管、あれを全部殺せ！　何をしてでもだ！」

三好のわめく声に呼応するように、残った管狐達が鎌首をもたげる。

その無機質な動きに珠はひるんだが、それよりも銀市の哀れみを含む表情が気になった。

だが三好は高笑いを上げて地にわだかまる管狐達を指し示す。

「そうだ、私にはまだこいつがいる！　数が少なくなっていようがまた増やせば良いだけだ！　ちょうどここに極上の餌があるんだ、思う存分味わうが良い！」

なぜ銀市はここまで落ち着いて居るのだろう。

不安の中でも不思議に感じていた珠は、管狐の挙動にあっとなる。

管狐達がぐっと体をためめる。

「どうした管！　私の言うことがき、け」

三好はいつまでも前へ走っていかない管狐にいらだちを覚え、振り返る。

管狐の餓えた眼光が三好に注がれ、驚くほど大きく口が開かれた。目が離せない珠の視界が、銀市のマントの中に囲われる。

ふんわりと柔らかい清涼感の漂う、いつもの煙草の香りに包まれた。

「管狐を餓えさせ過ぎたな。身を保てなくなれば、主《あるじ》を襲うのも必然だ」

銀市の両手に塞《ふさ》がれた目と耳の向こうでなにが起きているか、分からないほど珠は幼くはなかった。優しく塞がれた耳の隙間から、男の絶叫と哀願が忍び込んできたのを、珠はきっと忘れないだろう。

やっとマントを外された時、ぷうんと鉄さびに似た臭いが鼻をついた。

珠が確認しようとした矢先、野太い狐の咆哮《ほうこう》が響き渡り轟音《ごうおん》と共に建物が揺れる。

何匹もの肥大化した管狐が寄り集まり、大蛇のように太く廊下を埋め尽くすほどとなってのたうち回っていたのだ。

身をよじる管狐はこちらに敵意の顔を向け、無数の口から濁った紅の炎を吐き散らかす。

その一端がこちらにまでやってきた。

あっと思っているうちに珠は銀市に抱えられ、後ろへ飛ぶ。

炎からは逃れたが、しかし濁った妖火は建物に燃え移り、妖怪達が逃げ惑った。

その隙を突くように、管狐は咆哮を上げて玄関扉から外へと飛び出していく。

管狐が体をくねらせるたびに炎が広がり、あっという間に建物へ火の手が回った。

『ヌシ様、どうやら主を食らって暴走しておるようだ。火の海になるぞ』

『堕《お》ちたとはいえアレも狐。妖火が広まれば大火になりましょうな』

「ああ、お前達は付近の人間、妖怪どもを避難させろ。ここには誰も残らないでいい」

『あい、ヌシ様』

たちまち妖怪達が姿を消す中、珠は声を上げる間もなく銀市に横抱きに抱えられた。

不安のないしっかりとした腕に、珠の心が妙に騒いだ。

「だ、旦那《だんな》様自分で歩けますっ」

「火の回りが早い。君を足袋《たび》で歩かせるわけにはいかん」

指摘されてようやく、珠は自分が足袋だけだったと気づいた。銀市は有無を言わさず炎に包まれた玄関から外へと躍り出る。

外へと飛び出す刹那《せつな》、ごうごうと燃えさかる建物を振りかえった珠が見たのは、床にわずかに広がった血の跡だけだった。

＊

銀市に抱えられて外へと飛び出したときには、離れは火の海に包まれようとしていた。最近雨がなく乾燥していたとはいえ、この火の回りは早すぎる。

「妖火はただの火とは違う。精気を食らえば食らうほど燃えさかる。すぐに屋敷へ燃え移るだろうな」

そう話す銀市は未《いま》だに銀の髪と金の瞳《ひとみ》のままだったが、離れで見せた威圧的な雰囲気はなく、いつもの銀市だった。そのことにわずかにほっとした珠だったが、告げられた言葉の意味が頭に染み渡って青ざめる。

銀市が言う間にも艶《なま》めかしく躍る妖火は庭の木々を飲み込み、本邸へと手をかけていた。その侵食はあまりにも早い。

「このままでは、街にまで？」

「だろうな。ここには陰の気がたまりすぎている。それらを食らいつくすまでは消えないだろう」

「そんな……」

珠が頭上を見れば、肥大化した管狐は妖火を吐きながらくねっており、衰えるどころかますます勢いを増しているように見えた。

屋敷の外へと燃え広がるのも時間の問題だろう。消せぬ火が移れば前代未聞の大火になることは間違いない。

そもそも珠達の周りにも火の海は迫っている。息苦しいほどの暑さと、抜け出せるかも怪しいほどの熱気を感じて珠はぎゅと己の手を握りしめる。

なのに銀市の表情に焦りはない。ただ、少し諦《あきら》めたように目を伏せていた。

「方法は、なくはない」

「本当ですか！」

銀市の負担になることを恐れて身じろぎこそしなかったものの、珠は気持ちを抑えきれずに声を張った。しかし銀市はなぜか少し迷うようなそぶりを見せる。

「力のある霊水か神水があれば消すことはできる。周囲に被害が及ぶのは俺の意図するところではないからな。だがいくつか君の協力が必要だ」

「私、ですか？」

「ああ、俺が本性に戻る。……しかしその、俺の本性は龍なんだ」

「はあ」

龍、確かに水にゆかりの深い存在であろう。珠ですら知っている人に非《あら》ざる存在だ。

しかし、銀市がひどく言いにくそうに打ち明ける理由がわからない。珠は不思議に思いつつあいまいな返事をすれば、銀市は拍子抜けしたような顔をした。

「……それだけか？」

「ええと、ほかに、何が」

珠が困惑していると、銀市はぎゅうと今は銀の眉《まゆ》を寄せた。

「君は大蛇に捧《ささ》げられる予定だったのだろう。嫌悪があったのではなかったのか」

「どうしてでしょう」

指摘されて珠はようやく得心がいったが、銀市にそう訊《たず》ねられる理由がわからなくて戸惑う。すると、銀市は口元に手を当てて気まずそうに言った。

「最近の君は、俺に対してぎこちないように思えたからな。なにかしらの気配を察知していたのかとすら考えていたのだが」

「それは、大変申し訳ありませんでした……まったく気付いていませんでしたから、ご安心ください」

「そうか」

珠は、心当たりがあるだけに平身低頭するしかない。

しかし、銀市がひたすらこちらを案じて、いたわるように見下ろしてくる眼差《まなざ》しに、心が温かくなって行くような気がした。やっぱり聞いてみなければわからなかった。

だから珠は、しっかりと顔を上げて告げた。

「お気遣いいただき、ありがとうございます。蛇に忌避感がないと言えば嘘になりますし、実際目の当たりにしてみないとなんとも言えませんが」

珠はきちんと銀市と目を合わせて、言った。

「旦那様であれば、大丈夫だと思います」

「そう、か。だがもう一つ君に頼まねばならないことがある」

深く息を吐いた銀市は、戸惑う珠を比較的汚れなさそうな芝生の上に立たせて言った。

「龍に戻ると人間に戻りたがらないかもしれん。そうならない保険に、君と契りを交わしたい。具体的には君の一部をもらう」

「はい、かしこまりました」

珠は頷《うなず》いてから、はて、どれくらいあれば足りるのだろう、と首をかしげる。管狐は首筋を咬《か》んだだけで一匹増えたらしいから、わずかな量でも効力はあるのだろうが。

と、珠がそこまで考えたところで、銀市に両肩をつかまれた。

「待て。俺もあえて事務的に言ったが、そう簡単に承諾してはいけない類《たぐ》いの提案だぞ。そもそも君は生贄《いけにえ》から逃れた娘だろう、なぜそう簡単に受け入れられる。君は望まれたらなんでも頷くのか」

なぜかどっと疲れた様子の銀市に半眼でまくしたてられ、珠は目を白黒とさせる。

だが最後の一言には首を横に振った。

「違います。ただ旦那様でしたら良いと、そう思っただけなのです」

自分で口にした言葉に珠は納得した。今まで感じていた疑問のすべてが氷解する。

そうだ、なぜ三好の願いに応《こた》えなかったかといえば、生きていたかったという他にもう一つ。捧げられるのならば、管狐よりも銀市が良いと思ったからだった。三好の管狐に喰《く》われかけたときも、脳裏に浮かんだのは銀市だった。

痛いのは嫌だと思うし、生きていたいというのも本音である。

こわい、と言う感情も知った。それでも、だからこそ、銀市が半妖だと知った時に、もし贄になるのであれば彼のような存在に食べられたいと考えたのだ。

どうしてこのような簡単なことに気づかなかったのだろう。珠は己の胸に手を当てた。

「旦那様のお役に立てるのであればいくらでも。髪の一筋から血のひと雫《しずく》まで、この身を捧げましょう」

珠が精一杯の思いを込めて宣言する。銀市は目を丸くして絶句していた。

しかしすぐいらだたしげに頭を掻《か》きむしったかと思うと、珠を睨《にら》む。

その金の瞳の瞳孔《どうこう》がふたたび縦になっていた。

「苦情は受け付けんぞ」

珠は銀市に片腕を取られて引き寄せられた。抵抗はしなかった。

袖《そで》を滑らせて、腕をあらわにされる。

手首に残る管狐に巻き付かれた跡に気づいた銀市の表情に、かすかないらだちが浮かんだが、すぐに顔が伏せられた。

手首の内側の柔らかいところに熱い息を感じる。

珠はその口から覗《のぞ》く尖《とが》った牙《きば》が、肌に食い込むのを見つめていた。

これがあの日、珠が贄に捧げられる時に起きたかも知れないことなのだと思うと、不思議な気分だった。

ぷつん、と指に針を刺したときのような痛みと同時に、湿った舌が這《は》う。

そのまま食いちぎられないことに拍子抜けしていた珠だが、銀市の横顔を見た途端、背筋がぞくりと震えた。

腕をつかむ骨張った手は恭しいほど丁寧なのに、有無をいわせぬほどの強さで捕らえている。少し顰《ひそ》められた眉は、不機嫌そうにも見えた。

だがしかし、傷口に舌を押しつけられる痛みに珠がわずかに震えると、端麗な横顔が悦に緩む。それだけで不機嫌に見えた表情がいっそ色めいてすら見えた。

血をなめとられているだけなのはわかっている。

けれど。

人としての感情がなりを潜め、代わりに無機質でありながら熱を帯びたもの――隠しきれぬ食欲が浮かんでいた。

にもかかわらず、じわりとにじむ血潮が拭《ぬぐ》われるたびにぞわぞわと背筋が震え、覗く白い牙と赤い舌の艶めかしさと生々しさに、珠の頬は勝手に赤らんだ。

自分は、今、確かに食われているのだと、まざまざと思い知った。

「ぁ……」

珠が吐息を漏らすと同時、銀市はゆっくりと珠の腕を解放した。

支えられているからこそなんとか立てているが、それがなければへたり込んでいたかも知れない。

銀市は無意識にだろう、ちろりと唇をなめた。

珠は余韻を楽しむかのようなその仕草にくぎ付けになっていたが、瞳孔が縦に長くなった金の瞳が珠の首筋を見つめている。そこには、管狐につけられた傷があった。

銀市が眉を顰めながら顔を近づけてきた。そこに人間らしい表情はない。

思わず首をすくめると、傷口に唇を落とされた。その柔らかさに震えていると、耳元でささやかれる。

「……――・――……」

滑り込んできた音に水の気配がした。珠は目を見開いた。

酩酊《めいてい》しているようだった熱が急速に薄れる。

それはすでに知っていた人の名前ではなかった。そして銀市は先ほどなんと言っていた。

管狐の妖火を消すには、力のある霊水か神水が必要だと言っていた。

では銀市は半妖ではなく。

「それは私に教えて良いものなのですかっ。旦那《だんな》様は妖《あやかし》にとって名は大事だとおっしゃっていたではありませんか!?」

「だから俺に君の声が届く」

珠がひゅと息を呑《の》めば、銀市は金の目を苦笑に細める。

もう、すでに珠の知る銀市に戻っていた。

「俺はまだ地に足付けて生きていたいんだ。呼ぶのはどちらでも構わん。頼むぞ」

「――肝に銘じて」

珠が緊張と共に応えると、銀市は表情を緩めた。

肩から滑り落としたマントを珠の頭にかぶせ、ゆっくりと珠から距離を取る。

赤々とした炎に照らされる中、銀市が無造作に髪紐《ひも》を解くと、ざあと銀が広がった。

瞬間その輪郭はゆるみ――……

とけた。

つぶさに見つめていた珠は、全身を濃密な水の気配に包まれた。

清涼さと爽快《そうかい》さに満ちた水の気配は、重苦しい熱気をあっという間に洗い流す。

刹那《せつな》、ごうと突風が巻き起こり、珠はすがりつくように頭にかぶったマントを押さえた。

なんとか顔を上げると、そこには美しき銀が躍っていた。

重苦しい妖火の光を跳ね返すような銀の鱗《うろこ》が覆うのは太く長い胴だ。

その背には水の流れるような鬣《たてがみ》が風にそよぐ。

五本指のかぎ爪は剛健そのものであり、細長い口には鋭い歯がずらりと並んでいたが、いかめしくも荘厳さすら漂う顔には理知的な金の瞳《ひとみ》がはまっている。

恐ろしくも美しい一体の龍がそこに居た。

空中を優美に泳ぐその龍に、珠は見惚《みと》れた。珠が捧げられようとしていた大蛇とは比べものにならない。

神、と称するのであれば、いま眼前を舞う龍の方が何倍もふさわしいと思った。

珠が見上げている間にも銀の龍はぐんぐん高度を上げていく。すると、夜の暗がりにもわかる雨雲が急速に集まってきた。

そして雷鳴が鳴ったとたん、土砂降りの雨が大地を濡《ぬ》らした。

大きな雨粒がばたばたとかぶったマントを叩《たた》き、その衝撃は腕を揺らすほどだ。

澄んだ水の暴力は、屋敷の外に広がりかけていた妖火にも容赦なく降り注ぎ、存在など許さぬとばかりに散らしてゆく。

厚手のマントですらしとどに濡れてゆく冷たさを感じながらも、珠はその燃えさかる音すらかき消す雨と水しぶきの中で龍と管狐を見つめていた。

龍が近づいてくると、管狐は怯《おび》えるように妖火をはき出した。

しかし妖火は龍に届く前に豪雨がかき消してしまう。

龍は無造作に体をくねらせると、その尾を管狐に叩き付けた。

あっという間だった。

その一撃だけで、あれほど太かった管狐は風船が割れるようにぱっとはじけ飛び、雨に打たれて消滅していく。

圧倒的な力の差に呆然《ぼうぜん》と見上げていた珠だったが、管狐を霧散させた龍は、未《いま》だに空を飛び続けている。

いっこうに降りてくる気配はなく、すでに妖火が鎮まっているにもかかわらず、雨脚は激しくなっていた。ごう、ごうと風が混じる。

龍の飛翔《ひしょう》は、空が己の居場所であると主張するかのようで、いっそ神々しささえある。

これを本当に降ろして良いのだろうか。自分の声が届くのだろうか。

「いいえ、私は頼まれたのです。何より旦那様の真意を聞かねばなりません」

珠は、そうつぶやいて己を鼓舞した。

教えてもらったあの龍の名は、珠の心に刻まれている。

だが、珠が戻ってきて欲しいのは、自分を拾いなにも教えてくれずとも面倒を見て、珠が泣いてもそばに居てくれた人だ。

その人の名は。

珠は水を吸って重くなったマントをすうと持ち上げ、見上げると龍へ向けて呼びかけた。

「一緒に帰りましょう。銀市さん」

祈りを込めた珠の声は、飛雨《ひう》に溶けていく。

そういえば、この距離で声が届くのだろうか、という今更な事実に気がついた。

銀市は声が届くようにしたと言っていたとはいえ、この土砂降りである。かくなる上は何度も呼びかけるしかないか。

珠がむうと考えもう一度息を吸い込んだとき、雨脚が緩んでいることに気がついた。

マントを持って行かれそうなほどだった強風もやんでいる。

天空をぐるぐると旋回していたはずの龍が、まっすぐこちらへ降りてくる。龍が降りてくる間に雨が弱まっていった。

地面に届くか否かのところで鱗は花びらのように散っていく。

そして、鱗が晴れた後にはシャツを着こんだ着流し姿の銀市が降り立った。

いつの間にか空は晴れている。ぽっかりと空いた金色の満月に照らされる銀市は、先ほどの銀髪ではなく、いつもの癖のある黒髪に戻っていた。

重いマントを下ろした珠は、ほっと息をついて頭を下げる。

「おかえりなさいませ」

「珠、手間をかけたな。……だが寒い」

疲れた顔をした銀市がぶるりと震えるのに、珠はくすりと笑ってしまった。寒がりなのも変わらない、いつもの銀市だ。

しかしどうしようかと頰に手を当てて考え込む。

「困りました。マントはこの通りずぶ濡れですし。私の羽織をお貸ししようにもだいぶ濡れてしまいましたし……くしゅんっ」

主人を守ろうとした珠だったが、くしゃみをしてしまった。震えだけは抑えられたのに、女中として失格である。

珠がしょんぼりしていると、銀市が苦笑を浮かべた。

「君も寒いだろう。マントはあまり役に立たなかったようだからな」

「ですが、旦那様はあれだけのことを成したのです。それをお世話するのは私の役目です」

とは言うものの珠に出来ることもない。せめてハンカチのひとつでもあれば良かったのだが、あいにくどこかに落としてしまっているようだ。

ふ、と銀市が笑む気配がする。

「君は管狐に攫《さら》われて食われるところだったんだぞ。よほど大事だろう。それに俺の姿を見ただろうに、なんとも思わんのか」

「それでも、旦那様は私の旦那様です」

牡丹《ぼたん》の女について思い出した珠はすこし暗い気分になったが、それでも銀市の笑い声に顔を上げてぽかんとする。

「全く君は、出来た女中だなぁ」

柔らかく嬉《うれ》しげに笑った銀市には、どこか安堵《あんど》が混じっていた。

はっとするような表情に珠が見とれていると、銀市は珠から重く湿ったマントを引き取った。

「まあ、濡れた程度だったらなんとかなる」

言うなり、銀市はマントをくるりと回す。するとさあ、と霧のように水しぶきが広がって消えていった。

見たこともない現象に珠が面食らっていると、銀市はマントを肩にかけたが、マントから湿った気配がなくなっているように見受けられる。

珠が不可思議な現象に目を丸くしていると、銀市にぽんと肩を叩かれる。

とたん暖かな風が吹き抜ける。それが隅々まで行き渡ると、重かった着物から足袋《たび》に至るまで乾いて軽くなっていた。それだけでずいぶん温かく感じられる。

「これで少しはマシだろう」

「すごい、お天道様に干したみたいに乾いてます！」

自分で感じていても信じられず、珠が自分の着物をぽすぽす触ってみていると、銀市が動く気配がした。

しゃがみ込んで珠に背を向けた銀市はあっさりと言った。

「そのままの足では帰れないだろう。乗ると良い」

「あ、その大丈夫ですから！　歩けますし！」

ぎょっとした珠は慌てて固辞したのだが、銀市もまた譲らなかった。

「そろそろ外に待たせている妖どもが帰ってくる。それとももまた抱きかかえるか」

「それはっ」

「君を散々危険な目に遭わせてしまったんだ、これくらいはさせてくれ。……傷は痛まないか」

腕と首の傷を指していると気づいて、思わず腕を押さえた。食《は》まれかたが良かったのか、今の今まで忘れていたくらいだが、珠はほんの少し顔を赤らめる。

そして、銀市の頼みを珠は強く断りづらい気持ちにもなっていた。

「わかり、ました。お世話になります」

「それでいい」

全く引く気のない銀市に根負けした珠は、銀市の背中に負ぶわれることを選んだ。

後ろめたさを覚えながら、そっと体を寄せた珠は、銀市の肩に手をかけて体重を乗せる。

銀市のマントに覆われた背中は大きかった。たちまち珠の膝裏《ひざ》に銀市の手が回って持ち上げられた。

銀市が立ち上がったことで、不安定に体が揺れる。珠が慌ててしがみつくと、肩ごしに覗《のぞ》き込んでいた銀市はかすかに笑んだ。

「では、帰ろうか」

「……はい」

帰る、という言葉に珠は心の奥が和らぐのを感じながら、銀市の首に回した腕に、少しだけ力を込めたのだった。

終章　贅の乙女の願いごと

三好《みよし》養蚕の会長である三好和彦《かずひこ》の邸宅が一夜にして全焼した事件は、新聞の一面を使って衝撃的に報じられた。

はじめこそ三好に同情的な世論だったが、三好養蚕が行ってきた黒い取り引きや、過酷な労働環境。そして不正に作られた粗悪な商品の実態が明らかになるにつれ、あっという間に非難の嵐に変わった。さらに肝心の三好が行方不明となっているため、様々な憶測が飛び交っているのだという。

あの日、三好の邸宅から帰ってきてから風邪を引いて寝込んでいた珠《たま》は、数日後にようやく床を払った際、銀市《ぎんいち》からそれらの事情を聞いた。

「管狐の大半は消滅したが、無害化した者は王子《おうじ》に行かせた」

「王子、ですか」

「神狐や野狐が集まり、狐の一族が住まう土地で、狐使いに囚《とら》われた狐がゆくところだ。狐には狐の社会がある。そこで沙汰《さた》を受けさせる。性根をたたき直されるまで五百年はかかるだろう」

居間で向かい合ってその話を聞いていた珠は、途方もない時間の流れにくらくらしたがそれよりも気になることがあった。しかし銀市は別のことを考えたらしい。

袖《そで》に手を入れて腕を組むと、眉尻《まゆじり》を下げた。

「生きているのは気に入らないか」

「いえ、そのう。管狐に思うことはございませんので、良いのですが。……この箱の山は何でしょう」

珠は壁際に積まれたものを指さす。それは百貨店の物から個人商店の気取らない物まで大小様々な箱や紙包みだった。菓子類だと思われる箱から装飾品、反物に、精のつく卵や米なども見受けられる。

まるで女性が喜ぶものを片っ端から集めたような統一性のないそれらを、銀市がすべて用意したとは思えない。

銀市は気づいて欲しくなかったとでも言わんばかりにげんなりした顔をしていたが、仕方なさそうに言った。

「これは御堂《みどう》と瑠璃子《るりこ》からだ。あとうちに出入りしている妖怪《ようかい》連中からもあるぞ」

「なぜでしょう？」

「君を危険な目に遭わせた詫《わ》びだそうだ。見舞いは断っていたからな、代わりに贈ってよこしてきたんだが、それを真似た妖怪どもがこぞって持ってきた」

珠はぽかんとして自分のためだという袋や箱の山を眺めた。どう受け止めて良いかわからなかったが、銀古《ぎんこ》で妖怪達から渡されるものと言えば生鮮食品が主であるわけで。

「あの、もしや少々生臭いにおいがするのは」

「魚をもてあましてな。処分したのもあるが、とりあえずまだある」

「……あとで料理しますね」

神妙な顔をする銀市に、珠はほんの少し同情しつつ困惑した。

「ですがその、こんなにしていいただかなくて良いと思うのですが」

「まあ、これらは君に贈られたものだ。好きにして良い。特に御堂は君から目を離して攫われるという失態を犯したからな。自責の念を覚えているようだ」

「でも、それは管狐に足止めをされていたからではないのですか。御堂様が知らせてくださらなくては、私は見つからなかったのでしょう」

あの夜、珠を追いかけた御堂は、別の管狐に襲われていたのだという。

それを追い払った時には珠は三好に誘拐された後だったが、珠が落とした巾着《きんちゃく》を拾っており、そこから珠と三好のつながりがわかった。だから銀市が間に合ったのだ、と聞かされていた珠は、御堂は恩人なのではと考えていたのだが。

しかし銀市はどこまでも辛辣《しんらつ》だった。

「対妖異の訓練は飽きるほど受けた男だ。情報を共有していたにもかかわらず、油断したあいつが悪い。……まあ、行き違いを生む可能性を考えなかった俺も悪いがな」

珠は、銀市が居住まいを正したことで、次の話に入るのだと察した。

「で、なにが知りたい。君には聞く権利がある」

「旦那《だんな》様は、人ではないのでしたら、一体なんなのですか」

「そこか。……自分のことを話すのは少々抵抗があるが」

なんとなく脱力したような、安心したような表情になった銀市は口を開いた。

「俺は龍と人の間に生まれた半妖だ。まあ父親が神として奉られている力ある龍だった以外は、そこらの半妖と変わらん。が、どっちつかずの者は歓迎されないものでな。あまり公には言っていない」

「ちなみにおいくつなのでしょう」

半分神というのは半妖というのだろうかと素朴な疑問を感じつつ、珠がおそるおそる聞けば、銀市は沈黙する。記憶をたどるように視線を宙にさまよわせた。

「前の将軍時代は、見ている。な」

「覚えていらっしゃらない？」

「いや、あまり気にしたことがなかったものでな。すまん」

それだけで、珠は彼がそれなりの年月を過ごしていることは理解できた。

神妙な顔をした銀市は、次いで腰から煙管《キセル》入れを取り出した。

いつも吸っている煙管と煙草である。

「普段はこの煙草で妖《あやかし》の気配をごまかしているから、親しい連中しか知らないな」

「御堂様や瑠璃子さんがそうですか」

頷《うなず》く銀市に、珠は緊張に体をこわばらせながら、いよいよ訊《たず》ねた。

「なぜ、私を拾ってくださったのですか」

「そうだな、君も当事者だ」

すうと銀市の表情が引き締められた。

「まず、俺が君に出会ったのは偶然だ。ただ、妖には甘美な気配を纏《まと》う君が危うく思えてな。なにより君の櫛《くし》から妖の気配がしたため、手元に置いて様子を見ることにした。俺はこのあたりでは顔が利くからな。俺の庇護《ひご》下に居る娘なら、並の妖怪は手を出そうとはしない」

出会ったときには、櫛に妖が憑《つ》いていることを看破していたのかと珠は驚いた。

さらに知らぬ間に保護をされていたことに、さわさわと落ち着かない気分になる。

「御堂が君に声をかけたのも、あの眼鏡で櫛から妖の気配を感じたかららしい」

「そうでしたか。私に感じ取れなかったのが悲しいです」

ずっと傍らにいたにもかかわらず、珠には気配もわからなかった。肩を落としていると銀市が慰めるように言った。

「君は彼女になじんでいたからな。何より君に対して入念に隠れていたから無理もない」

そういうものなのだろうかと珠が困惑していると、銀市はすまなそうな顔をしていた。

「だが、数日経ったところで、家の周囲に管狐の気配がするようになった。同時期に御堂から呪いを受けている企業の相談を受けていてな。状況から推測して憑き物使いによる犯行だと思われた。憑き物というのは得てして贄《にえ》を求める、ゆえに女中失踪《しっそう》事件が関連付けられた」

「私が犯人だと思われなかったのですか」

「はじめから餌として狙われていると考えていたよ。だから、密《ひそ》かに君の前の奉公先を調べていたんだ」

珠の質問に、意外そうな顔になりつつも応《こた》えた銀市は、深々と頭を下げた。

「君に詳しい事情を話さず、奉公先を見つけると言っておきながら先延ばしにしていた。あげくには君に詳しく話さなかったことが原因で危険な目に遭わせた。すまない」

「だ、旦那様っ」

珠はうろたえて腰を上げた。

行き場のない珠を拾ってくれたのは銀市である。さらにここに居る間は、あれだけ多かった妖とのもめごとに悩まされなかったのだ。

「保護してくださったことに感謝こそすれ、謝られることなどございませんっ」

「いや、もう少し注意深く行動すれば良かったと思っている。君がどれほど妖にとって特別かは分かっていたはずなのにな」

どうして良いか分からず、珠が中腰のまま途方に暮れている間に銀市は顔を上げた。

「そして、これからのことだ」

珠は反射的に腰を戻し背筋を正した。

「今回で管狐は居なくなり、君への脅威はなくなった。この帝都でなら、俺の名を出せばどこに行こうと妖怪どもに悩まされることはない。俺から理解のある奉公先を斡旋《あっせん》することもできるし、妖異にまったく関係ない場所を紹介することもできる」

銀市が紙の束を取り出しちゃぶ台の上に置いた。丁寧な文字が連なるそれに、珠は目を見張る。

奉公先の仕事内容から給金まで書かれた求人票だ。普通の相談の際は、このようなものは出さない。あらかじめ銀市が用意していたことは明白だ。

「すぐに決めろ、とは言わん。質問も受け付けよう。ゆっくり見て考えると良い」

「……はい」

珠は差し出された紙束を反射的に受け取る。

紙の束は軽いはずなのに、腕にずっしりと来た気がして、珠の心に名状しがたい思いが湧いた。それがなんだかわからないでいると、銀市はさらに引き出しから白練りの絹布にくるまれた何かを取り出す。

「あと、これを。いままで預からせてもらってすまなかった」

白練りの絹布が広げられると、牡丹《ぼたん》が咲き誇る櫛が現れた。その歯の部分は三分の一がなくなってしまっていたが、それでもなお美しさを保っている。

ひゅ、と息をのむ珠の目の前で、牡丹の花が艶《つや》を帯びた。

そして現れたのは、豪奢《ごうしゃ》な牡丹の花開く打ち掛けを纏《まと》った美しい女だった。

片側の髪がさらに短くなってしまっていたが、ゆるりと広がる長髪とのアンバランスさが引きつけられるような魅力になっている。

すうと瞳《ひとみ》を開いた女は、腰に手を当てて銀市を見上げた。

『そなた様は話が長いのだ、待ちくたびれたぞ』

「牡丹の櫛の……」

珠がかすれた声でつぶやけば、その女は黒髪を揺らして珠を向く。

その表情は、気恥ずかしげな色がにじみながらも、喜びがあふれるものだった。

ただ無視できない事実は、三好の屋敷の中で見た女の特徴はそのままに、櫛の上に収まるほどのこぢんまりとした姿になっていたことだった。

さらに付け加えるのであれば、妙齢の女性だった外見も、十になるかならないかほどの幼いものになっている。

「ちい、さい、です？」

『……ようやっと、このかたちにまでなったのだ。あまりつっこんでくれるな』

珠が思わず漏らした言葉ですねた女の代わりに、銀市が応えた。

「ここまで回復させるのに時間がかかってな。だがもう問題ない。その姿であれば君と話すこともできる」

『これだけは、感謝するぞ』

真摯《しんし》な声音で言った牡丹の女に、銀市はうなずくとふあ、とあくびをする。

「旦那様……？」

「ああ、いやすまない」

眠そうに目元を緩ませていた銀市は、再び表情を引き締めると、珠に向き直った。

「積もる話もあるだろう。ゆっくりすると良い」

「はい、ありがとうございます」

二人の間に入れないような雰囲気を感じつつも、嬉《うれ》しさをかみしめて珠は頭をさげた。

落ち着ける場所にと珠は自室へと戻った。すでに空気が温《ぬく》んでいるためか、それとも気を遣ってくれたのか、火鉢は付いてきていない。

珠が文机《ふづくえ》の上に櫛を置くと、居間と同じように牡丹の女が現れた。

はじめよそよそしげにしていた女だったが、意を決したように珠を見上げる。

『珠よ、はじめまして、というべきかの。妾《わらわ》はそなたら珠が大事にしてきた櫛の精。名を貴《き》姫《ひめ》という。あの方に付けてもらった名だ』

「付けてもらった名、ですか」

彼女の名に驚きつつ珠が聞き返せば、牡丹の女、貴姫はうなずいた。

『うむ。妾がこうして在れるのも、あの方のおかげなのだよ』

どういうことだろう。と疑問に思った珠だったが、貴姫の輪郭が揺らぐ。

あのときと同じ人の大きさに戻った貴姫は、さあと衣を広げて珠の首に腕を回した。

かすかな温もりと、なめらかな絹の感触に包まれた珠は戸惑ったが、耳元で湿った声が響く。

「ほんに、ほんに、大きゅうなってよかった。生きていてくれて良かったぞ」

「貴姫、さま」

「貴姫で良い。様などつけられる霊威《れいい》なぞ持ってはおらぬ。なにせ、そなたに至るまではあの妖に喰《く》われるのを見守るしかなかったからの」

冷めた物言いの中に、あふれるほどの後悔と悔恨がにじむのを珠は感じた。

「あの晩、撫《な》でてくれたのはあなたですね」

「ああ。ずっと櫛の中からそなたを見ておった。その前も、その前の珠も見ておったのだ」

珠、というのは歴代の贄の姫に付けられる名だ。そしてこの櫛は珠が贄の持ち物として受け継いだものである。

貴姫は、その言葉の通り、ずっと見ていたのだろう。

「妾はハレの日に着けられるために作られた櫛だ。しかし珠達は着飾る喜びを知ることもなく、ただ喰われるだけであった。泣いた珠が居た。理不尽を呪った珠が居た。恐怖をこらえて気丈に笑う珠がいた。それらの珠の思いから妾が生まれて以降も、ずっと見ていた。ずっと、ずっとだ」

血を吐くように独白した貴姫の表情は、切なく痛みをこらえるようにゆがんでいる。

「だが妾は弱い妖。見つかれば蟻のようにつぶされる。故に妾は力を蓄えるために息をひそめ続けた。そなたの代になって、ようやく振るえるだけの妖力《ようりょく》を得て、あの妖を討ち果たした。そこで相打ちで消えるはずだったのだが」

あの夜の対面は、貴姫にとって最初で最後のものだったのだ。と、珠は知り息を呑《の》む。

しかし貴姫は珠の衝撃には気づかなかったようで、喜んで良いのか困って良いのか分からないようにくしゃりと顔をゆがませて続けた。

「何の因果か、妾の意識はなくならなかった。そしてあやつに珠を守るため力を貸してくれと言われての。名と妖力をもらい、再び姿を得たのだ。あやつは妾一人に妖力を分け与えたところでなんの衰えも見せなかった。人が混じっていても真性の妖じゃ」

「……なぜ、なぜ私にそこまでしてくださったのですか。私はあなたの存在さえ知らなかったのに」

一番の疑問をぶつければ、貴姫は腕を緩め、珠の頰を包みゆるりと微笑んだ。

「言うたであろ、妾はそなたら〝珠〟を見てきたのだ。特にそなたのことは一番覚えておる。村人を気味悪く思っていたことも。空をいつも見上げていたことも。子供達の声が聞こえるたびに羨《うらや》ましそうにしていたことも。妾は、そなたが生きてさえいれば十分だったのだよ」

そのようなところまで見られていたのかと羞恥《しゅうち》に頰を染めた珠だったが、同時に柔らかい貴姫の表情に胸を突かれた。

しかし、貴姫はそこで眉尻《まゆじり》を下げ悲痛を浮かべる。

「だから、解放してやりたいと思うたのだが。より多くの苦労をかけてしまったの」

すまなかった、と深い悔恨のままに目を伏せる貴姫を珠はじっと見つめた。

以前銀市が言ったことが改めて腑《ふ》に落ちた。妖怪は気ままで自由だが一途《いちず》でもある。

彼女は珠の無意識の願いを、心の悲鳴をくみ取って、叶《かな》えてくれたのだ。

珠はようやく、救われてから抱えていたもやもやを晴らすことができる気がした。

「貴姫さん」

そっと貴姫の手を取った珠は笑ってみた。頰が引きつるような感覚がしたが、笑うと言うこともあまりしてこなかったから、仕方がない。

自分が幸せなのかはわからない。

けれど、あの村から出ることができて、広い世界を知ることができた。なによりこの銀古に来て、貴姫に出会うことができた。

「私はあなたに助けていただいてよかった。ありがとうございます」

ひゅ、と息を呑《の》んだ貴姫は目尻に涙をにじませながら華やかに微笑んだ。

「そう、か。珠よ、そう言うてくれるか……」

まるで牡丹のようだと珠が思ったとき、ぽんっと間抜けな音がして、貴姫が消える。

『むう。やはり短時間が限界か……』

ひどく残念そうな声が響くのに珠がそちらを向くと、文机にある櫛《くし》の隣に小さくなった貴姫がむくれた様子で座り込んでいた。

「大丈夫ですか」

『大事ない。ちいとな、気を張っておらぬと姿を保てぬだけだからの』

少々気恥ずかしげな貴姫だったが、空気を改めるように咳払《せきばら》いをした。

『で、珠よ。これからいかにする』

「……よく、わかりません」

珠はきゅ、と膝《ひざ》の上で手を握った。銀市は珠の知らぬところで珠を守り、きちんと最後まで責任を果たそうとしてくれている。

珠は、一緒に持ってきていた紙束を引き寄せた。

ぱらり、ぱらりとめくってみれば、珠にはもったいないほど良い仕事先ばかりだ。

もう、妖に悩まされることがないのなら、後は珠の努力次第で過ごすことができるだろう。これほど心を砕いてくれたのだ、精一杯選ばなくてはと思う。けれど。

「一度も、残れと言われませんでした」

『ほう、そなたはそう言って欲しかったのかの？』

ほろりとこぼした言葉に返事があって、珠は言葉に詰まったが、あどけない表情で視線をさまよわせた。

ただの厚意でここまでやってくれたのだ、これ以上銀市に迷惑をかけることは申し訳ないと思う。

「置いていただくのは、勤め先が見つかるまでの約束でしたから。出て行くのが正しいことだと思います」

『そうか。妾はそなたの味方だ。そなたのゆく場所について行こう。あやつに力をもろうたゆえ、そなたをより一層守ることもできる……だがな、あやつ。意外と寂しがり屋の面倒見たがりじゃぞ』

え、と珠が見やれば、貴姫はやんわりと悪戯《いたずら》っぽい表情で続けた。

『妾がこうして小さくとも形を得て動き回れるようになったのは、あやつが寝ずに力を注ぎ込んでくれたからだ。名を持った妖《あやかし》はそうそう消えることはないとはいえ、妾が回復するにはかなりの時間がかかる。それをここまで短縮してくれたのだよ。もう、どこへ行ってもそなたが寂しくならぬように、とな』

「もしや、お疲れのようだったのも」

『で、あろうの』

くすくすと笑う貴姫は、呆然《ぼうぜん》と目を瞬《またた》く珠に続けた。

『おそらくの。選択肢に入れなかったのは、そなたが妖で苦労していたからだろう。平穏に暮らせる場所に移った方が良いとでも考えておるのではないか』

「そう、なのでしょうか」

考え込みかけた珠だったが、はっとする。

いや、違う。学んだのだ。自分で聞いてみなければ分からないのだ、と。

心はおびえていても、すでに決まっているようなものだった。おずおずと視線を上げた。

「私は、わがままになって良いのでしょうか」

珠の漏らした言葉に、貴姫は温かく微笑んでくれた。

＊

翌朝、風邪から全快していた珠は、いつもより早い時間に一階へと下りていた。

顔を洗い、たすき掛けをして身支度を調えていると、ごとん、ごとんと、いつもどおり藍《あい》の火鉢が歩いてくる。

そして、土間近くに火鉢が居座るのを皮切りとするように、家鳴りや天井下《さが》りも現れた。

「おはようございます、皆さん。それからご心配をおかけいたしました」

次いで彼らに丁寧に礼を言った珠は、色鮮やかな鶏に似たヒザマとかまどに火を入れる。

開け放った窓から、ゆるりと風が入り込んできた。だいぶ、空気が暖かくなっていた。

冬が終わろうとしているのだろう。

「ヒザマさん、今日は少し火の加減が難しいかも知れませんが、頑張りましょう」

『くけっ』

任せろと言わんばかりのヒザマに珠は一つ頷《うなず》いて、食材を取りに行くために外へ出た。

幸いにも野菜類は蔵にきちんと補充されていて、材料には困らなかった。

珠がすべてのおかずを作りあげる頃に、銀市が姿を現す。

足音に振り返った珠は、面食らった様子の銀市に会釈をした。

「おはようございます、旦那様《だんな》」

「おはよう……豪勢だな」

焼いた魚をはじめ、煮物におひたしにごまよごしなど、ちゃぶ台を埋め尽くすようにならぶおかずの数々に銀市は目を見開く。その反応に珠は少しだけ照れた。

「少し早く起きてしまったので、色々とやっていたんです。だめになりそうなお野菜とお魚を使っていたらこんなことに。すみません、もう少しだけお待ちください」

「いや、かまわないが」

銀市の反応がなんとなく硬い気がしたが、珠は目の前の最難関を超えるために集中する。

「これで、さい、ご、ですっ」

くるり、ときれいに巻き上げたそれの焼き色に満足した珠は、等分に切り分けてちゃぶ台へ持って行った。

「お待たせいたしました旦那様。これで全部になります」

「卵焼きか……？」

最後に載せたのは、艶々《つやつや》とした黄金色の卵焼きだ。滋養に良いものの筆頭として卵は親しまれているため、贈り物の中にも揃えられていたのだ。

それを見た途端、銀市の表情がぱあと明るくなったような気がして珠は面食らいつつうなずく。

「は、はい。旦那様の好みが分からなかったので、甘い味付けと塩辛い味付け両方作りましたが」

「どちらも食べる。味噌《みそ》汁《しる》もよそるぞ」

いつになく素早い所作で座った銀市が、火鉢にかけられた鍋《なべ》から味噌汁をよそり始めるのに、珠はおずおずと聞いてみた。

「卵がお好きなのですか」

「……顔に出ていたか」

「とっても」

素直に肯定すれば、味噌汁の椀《わん》をおいた銀市は、片手で口元を覆い隠した。

だが彼の耳は赤く染まっている。それを見逃さなかった珠は、銀市の方へ卵焼きの皿を寄せた。

「お好きなだけどうぞ。お口に合うと良いのですが」

「……では、いただこう」

いそいそという言葉を絵に描いたような様子で卵焼きに手を付ける銀市に、珠はなんだか嬉《うれ》しくなりつつ自分の箸《はし》を持った。

結局銀市は二皿の卵焼きをぺろりと平らげた。多いと思っていたおかずも見事になくなってしまっている。余れば昼に回せば良いと考えていた珠は驚いたものだ。

銀市はいつもどおり平静な顔つきだが、どことなく上機嫌だった。

「うまかった」

「それはよかったです」

家鳴りと共に皿を片付けた珠は、ちゃぶ台に食後の茶を置く。そして前掛けを外すと、まだ居間でくつろいでいた銀市の向かいに膝をそろえて座った。

「あの、私の真《まこと》の名は珠貴《たまき》と言うのです」

茶を啜《すす》っていた銀市は、ぐふとむせ込んだ。

なんとか湯飲みを置いたものの咳《せ》き込む銀市に、珠は慌てて手ぬぐいを差しだそうとした。しかし、その前に息を吹き返した銀市に睨《にら》まれる。

「君はなにを言ったのか分かっているのか。力ある妖《あやかし》に名を渡すのは、自分の魂を明け渡すようなものだぞ。特に君のような狙われやすい娘は、慎重に慎重を重ねるに越したことはない」

こんこんと諭すように怒る銀市に、珠は怯《ひる》みつつもなんだか心が温かくなるのを感じた。

だがしかし、珠はそれを知っていて、銀市に明かしたのだ。

「はい。村で贄《にえ》の子が珠を名乗るのは、魂まで取られないための知恵だと教えられました。珠の隠し名は、歴代の珠の持ち物から適当に付けられることが多いのですが、私の『貴』は、牡丹《ぼたん》の異名から名付けられたと聞きます」

だから、銀市があの櫛を「貴姫」と名付けたことが無性に嬉しかったのだ。

珠がそう説明すれば、銀市の怒気は徐々に鎮まり困惑に変わっていく。

「わかっているのなら、なぜだ」

「旦那様のお名前を私が知っているのは、不公平ではありませんか。これでおあいこにならないでしょうか」

「気にしなくて良い。君は悪用したりしないだろう」

「私も、旦那様が誠実な方であると分かっております。……それに、正式に雇っていただくためには、きちんとした名前をお伝えしたほうが良いかと思いまして」

「……なんだって」

「できれば、もう暫《しばら》く銀古で働かせていただきたいのです」

目を見開く銀市に、珠は緊張で鼓動が速まるのを感じながら、言った。

「旦那様にたくさん良い勤め先を探していただいたにもかかわらず、このようなお願いをするのは申し訳ないと思います」

「いや、条件が合わないのであれば別のものを」

「そうではなく。私は、ここがよいと思ったのです。家鳴りさん達や狂骨《きょうこつ》さんや、瓶長《かめおさ》さん。天井下《さが》りさんにヒザマさん。瑠璃子さんに、なにより旦那様によくしていただけたことが」

言葉を遮ってしまったことを少し後悔しながらも珠は言い切った。

それだけ、知って欲しかったのだ。どれだけここが良かったか。

少し考えるように沈黙していた銀市は、次いで、言葉を選ぶようにゆっくりと言った。

「今までは比較的おとなしい妖ばかりだったが、たちの悪い者が来ることもあるぞ。離れたほうが良いのではないか。あれだけの目に遭って、妖を忌避しないのか」

「おなじくらい、人が恐ろしいものだと知っていますから」

因習を続けた村人も、出世のために人も妖怪《ようかい》も踏みにじった三好も珠と同じ人だ。

だが松本のような温かな人も、銀市のような人と人に非《あら》ざる者の間に立ちながら誠実なひとも居るのだ。

「下世話なことを申せば、私の体質に理解があって助けてくださり、何よりひと月に一度ちゃんとお給料をくださる、というのは今までで一番良い条件なのですが」

「いやそれが普通なのだが」

「あっ、窓のあるお部屋というのもとっても嬉しいです」

今まで気にしたことは無かったが、朝の日差しを感じながら起きる生活というのは意外と快適だったのだ。

微妙な顔で黙り込む銀市に、珠はおずおずと続けた。

「ここに来た初日に人手が足りないとおっしゃっていました。だめ、でしょうか……」

珠の思いは伝えきった。後は銀市の返答次第だ。

汗で湿る手をぐっと握りしめて待つ。

己の意思を伝える、ということがこんなにも恐ろしいものだとは思わなかった。けれど、言わなければきっと後悔するのだろう。だから珠はどんな返事だったとしても満足だった。

葛藤《かっとう》するように眉間《みけん》に皺《しわ》を寄せていた銀市は大きくため息をつく。

「条件がある」

その言葉に、珠ははじかれるように顔を上げた。

銀市は額に手を当てながら珠の瞳《ひとみ》と視線を合わせる。

「一つは、正式に口入れ屋の仕事も業務に入れる。そちらの方が人手が足らんからな。だがその分給料は上げる」

「いえ、そこまでしていただく必要」

「雇い主の意向だ、聞け」

「は、はい」

「それから、もう一つは……」

そこで言葉を切った銀市は、さらにぐっと眉間に皺を寄せると、絞り出すように続けた。

とても言いにくそうだった。

「……旦那様は、居心地が悪い。名前で良い」

「なまえ、ですか」

その申し出の意味がわからず、珠は困惑して眉根《まゆね》を寄せた。

「旦那様は雇い主ですから、それ以外の呼び方がございますか」

「でなければ雇わんぞ。俺は君の主《あるじ》になるわけじゃないからな」

「ならば……」

「様もやめてくれ。これからは銀古の正式な従業員になるんだからな」

銀市のすねたような物言いに、珠ははっと言葉を呑《の》み込んだ。

これは、雇ってもらうための条件なのだ。こんな妙な条件は初めてだったが、女中ではなく、従業員にしたいというその言葉が不思議なくらい心に染みた。

珠は居住まいを正すと、その名を呼んだ。

「かしこまりました。銀市さん」

「ああ、これからもよろしく頼む、珠貴」

慎重に丁寧に名を呼ばれ、珠の心の奥にぽうと温もりが灯《とも》る。

呼ばれるだけでこれほど心が温かくなるものなのだと知ったのは、この場所でだ。

幸せというのは、このようなことを言うのかも知れない。

まだ、分からないことも、戸惑うことも沢山ある。

だから、流されるままに移ろうだけだった珠を拾って受け入れて、自由にさせてくれるここで、少しずつ知ってゆこう。

「では、店を開けるか」

「はいっ」

立ち上がる銀市に、珠は続いて腰を上げる。

すると、銀市は驚いたように目を見張った。

「どうかされましたか」

立ち止まってしまった銀市に珠はきょとんとしたが、彼はふ、と表情を緩める。

「君の笑顔は良いものだ、と思ってな」

思わず顔に手を当てる珠に、銀市は朗らかに笑って歩いて行く。

「え？」

立ち尽くした珠は、手のひらに頰の熱さを感じていたのだった。

お便りはこちらまで

〒一〇二—八一七七
富士見L文庫編集部　気付
道草家守（様）宛
ゆきさめ（様）宛

富士見L文庫

龍《りゅう》に恋《こ》う
贄《にえ》の乙女《おとめ》の幸福《こうふく》な身《み》の上《うえ》

道草《みちくさ》家守《やもり》

2020年7月15日　初版発行
2022年5月20日　17版発行

発行者　青柳昌行
発　行　株式会社 KADOKAWA
〒102-8177　東京都千代田区富士見2-13-3
電話　0570-002-301（ナビダイヤル）

印刷所　株式会社 KADOKAWA
製本所　株式会社 KADOKAWA
装丁者　西村弘美

定価はカバーに表示してあります。　◆◇◇

ISBN 978-4-04-073722-5 C0193